おひとりさま日和

ささやかな転機

大崎梢　岸本葉子　坂井希久子
咲沢くれは　新津きよみ
松村比呂美

双葉文庫

目次

アンジェがくれたもの

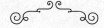

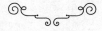

大崎 梢

OHSAKI
KOZUE

東京都生まれ。元書店員。
2006年『配達あかずきん』でデビュー。
『サイン会はいかが?』『平台がおまちかね』など
書店や出版社を舞台にしたシリーズを多数描く。
他の著作に『クローバー・レイン』
『忘れ物が届きます』『本バスめぐりん。』
『ドアを開けたら』『バスクル新宿』など。
近著に『27000冊ガーデン』
『春休みに出会った探偵は』がある。

どうせひまでしょと電話の向こうから母親に言われ、里志《さとし》はムッとした。ふてくされた声が喉の先まで出かかったが、「中学生みたい」と笑われるのもしゃくで飲み込む。

大学卒業後に就職したアパレルメーカーが四年後に倒産し、そのあと外食産業や携帯電話会社など、いくつか職を変わって三十八歳の今、三回目の失業保険を受給中だ。「都合が悪い」という逃げ口上が通らない。

「今までさんざんお年玉をもらってたじゃない。義理も恩もあるのよ。伯父さんの頼み事なんて珍しいんだから私からも頼むわ。とにかく一度、来てほしいって。電話してみて」

「番号知らない」

「LINEに送るわね」

話に出てきた「伯父さん」とは母親の兄、波多野通夫《はたのみちお》のことだ。母親より八つ年上で今年七十一歳。結婚歴はなく、昔は家を出ていたようだが、祖父が亡くなって祖母がひとりになったのを機に戻った。その祖母も二年前に亡くなり今ではひとり暮らし。

足が不自由でいつの頃からか杖を突いていた。その足が悪化したのかなんなのか、膝の手術をするらしい。入院中の郵便物の回収や庭木への水やりならば、二つ返事で引き受けるものを、伯父は自分がいない間、ずっと家にいてほしいと言う。ときどきの訪問ではなく泊まり込んでの留守番だ。

何それ、めんどくさい。というのが本音だが、お年玉への恩義はたしかにある。しかも気前が良くて毎年けっこうな額だった。渋々電話をすると伯父はいつになく饒《じょう》舌《ぜつ》で、「おまえくらいしか頼む相手がいない」「甥《おい》がいてよかった」「助かる」と声を弾ませる。

伯父のきょうだいは妹ひとりで、その妹の子どもは里志だけ。他に頼り先がいないのはよくわかる。思わぬ成り行きからの伯父孝行か。

里志は久しぶりに母の実家、元祖父母の家を訪ねることにした。

父親の仕事の関係で中学生までは広島や福岡に住み、高校で関東に引っ越してきた。両親は神奈川県内にマンションを買ったので、祖父母宅のある東京は近くなったものの、遊びに行く年頃でもなかったので自然と足は遠ざかっていた。とはいえ、祖父も祖母も自分のことはずいぶん可愛がってくれた。なんといってもたったひとりの孫だ。誕生日プレゼントも入学祝いも、それこそお年玉も必ずくれたし、一緒に行った遊園地や牧場、沖縄旅行など楽しい思い出もたくさんある。

そんなことを考えながら調布《ちょうふ》市内の住宅地を歩く。最寄り駅から徒歩で七、八分。五十坪弱の平地に立つ木造一戸建てが見えてきた。ガレージがない分、庭はそれなりにあるものの、伸び放題の植物や植木鉢で常にごちゃごちゃしていた記憶がある。

それが、フェンス越しに見て驚く。庭木の類《たぐ》いはフェンスの近くに少しだけ。あとはすべて真っ平らで、青々とした芝生が敷き詰められている。

ほんとうにここだろうかと、訝《いぶか》しみつつ表札を確認してチャイムを鳴らすと、中から足音が聞こえてドアが開いた。

「おお里志、よく来たな。待ってたよ」

「お久しぶり。おばあちゃんの法事以来だよね。ってか伯父さん、庭がすっかり変わっているけど、どうかしたの？」

「ああ、あれね」

言いかける声の向こうから「わん」と聞こえた。伯父の足下から何か現れる。

それが犬だとわかるまで数秒かかった。灰色がかった黒っぽい毛並み、ピンと立った三角の耳、長く尖《とが》った鼻面、口元からのぞくピンク色の舌と白い牙。

伯父はすかさず腰をかがめ、犬の頭に手を置いた。

「心配しなくていいんだよ。怪しい人間じゃない。この前から話しているだろ、甥の里志だ。よろしくね」

話しかける横顔や声のトーンが柔らかく優しげでとまどう。記憶の中の伯父と雰囲気がちがう。

「里志にも紹介しなきゃね。この子はアンジェ。雌のシェパードで今、五歳だ。少し前からこの家で暮らしている。仲良くしてやってくれ」

伯父は笑顔でそう言うが、当の犬はにこりともせず、冷たい一瞥《いちべつ》を里志に向けるだけだった。


足の不自由な伯父が犬、それも大型犬をひとりで飼うことは不可能だ。

真っ先に浮かんだ疑問は、「レンタル番犬」という聞き慣れない言葉でゆるやかに打ち砕かれた。

大型犬を飼うに当たってのネックは住まいと必要経費に加え、散歩の手間暇が主なものだろう。伯父が住んでいるのは一戸建ての持ち家なので、住まいについては融通が利く。食事や医療費といった経費も貯金があればなんとかなるのかもしれない。問題は日々の散歩や運動だ。杖を突いて歩く人に犬のリードは持てない。

「伯父さんもそう思っていたよ。でもアンジェは世話をしてくれる人がいるんだ。この家に住み、伯父さんを主《あるじ》だと思ってくれるけれど、正式には持ち主が別にいる。『スマイルペットサービス・マキタ』という会社が保有している犬で、そこのスタッフが朝晩の散歩も医療面のサポートもみんなやってくれる。伯父さんは契約して、アンジェを借りている形だ。もちろん料金はかかるよ。サービスを受ける側として。でも払えない額じゃない。だから思い切って始めてみた」

久しぶりに入った室内は庭と同じようにさっぱりと片付けられていた。一階にはダイニングキッチンとテレビの置かれたリビングルーム、そこと襖《ふすま》で仕切られた和室がある。祖父母がいた頃はコタツやら座椅子やら棚やら飾り台やら、さまざまなものでひしめいていた。それがほぼすべてなくなり、あるのは壁掛けテレビとソファー、小さなサイドテーブル、そして大きなケージ。聞かなくてもわかる。犬の居場所だ。

「もしかして、アンジェのためにリフォームしたの？」

「そんなに大げさなものではないよ。カーペットを替えて、ついでに壁紙もと思ったら、置いてあるものを整理するしかなくて、やり始めたらあれもこれもと。おかげで掃除はしやすくなった」

伯父はソファーに座り、犬はその足下に腰を下ろしている。置物のようにじっとしているが黒い双眸《そうぼう》は常に里志の動きを追っている。危ないやつではないと言われても、まだまだ油断なく観察している感じ。まとっているオーラは硬くて剣呑《けんのん》だ。犬も猫も飼ったことはないけれど、小型犬やふわふわした子猫ならばどんなによかったかと里志は思う。

「奥の和室も変わっているね」

こちらにはベッドがあるだけ。仏壇は床の間の位置に設《しつら》えてある。それは昔のままだ。

「おばあちゃん、ずっと布団派だったんだけど、亡くなる少し前に腰を痛めてベッドにしたんだ。それを使わせてもらって最近はこっちで寝ている。伯父さんのベッドは二階にあるから、里志はそっちを使えばいいんじゃないかな。シーツも布団カバーも洗濯しておいたよ」

受け入れ態勢は着々と進んでいるらしい。腹をくくるしかなさそうだ。

「和室もずいぶんすっきりしたね」

「いろいろ処分したけど、着物や和装小物みたいなのはどうしていいかわからず、簞《たん》笥《す》ごと二階に運んだ。リフォーム業者に頼んでね」

「へえ」

「そうだ。おばあちゃん、箪笥貯金が好きであちこちにお金を忍ばせていた。仏壇の小さな引き出しや、押し入れの物入れ、食器棚の引き出しにも。二階の箪笥にもきっとあるから、見つけたら里志の小遣いにしていいよ」

すぐ脇に控える犬は無愛想だが、伯父が大らかに目尻を下げるので里志も子どもに返った気分で微笑《ほほえ》んだ。もっとも子どもの頃の記憶をたどっても伯父の笑顔はほとんどない。口数が少なく物静かで、存在感の薄い人だった。祖母と母が賑《にぎ》やかだったのでよけいにそう感じたのかもしれない。今度のことで初めて母親抜きでやりとりして、にわかに距離が縮まった感じだ。

一階にあるトイレや風呂場を案内してもらい、掃除用具の説明も受け、二階に移動する。踊り場のあるくの字に曲がった階段で、手すりもあるので伯父も上がれる。アンジェは伯父が許可したときだけ付いてくるそうで、今日は「おいで」の掛け声を受けて軽々と登ってきた。

二階には二部屋ある。建てられた当時は伯父と母がそれぞれ使っていたらしい。結婚や就職を機に巣立っていき、十数年前、伯父はかつての自室に戻ってきた。母の部屋は現在、物置状態だ。祖母の箪笥や鏡台、座椅子や段ボールなどが置いてある。

伯父の部屋はわりときちんと片付いていて、ベッドも綺麗《きれい》に整えられている。好きなように使っていいと言われ、うなずくしかない。

台所は昼食を作りながらの案内になった。レンジの使い方やストック食品の場所を教えてもらい、冷蔵庫の中身も説明を受ける。

祖母と同居するようになってから、料理の手伝いをいろいろさせられたそうだ。昼食の焼きそばも海老の入ったエスニック風の味付けで、予想外の美味しさだった。

「里志も親元を離れて長いんだろ。料理はしないの?」

「ちょっとはするけど、ひとりだと買ったものをダメにしちゃうこともあって」

「ひとりなのか」

結婚の報告はしていないのに何を今さらと思ったが、同棲《どうせい》もありえるのかと思い直す。

「ずっとひとりだよ。あ、伯父さんは独身の先輩だね」

アパートを借りて里志が独立したのは二十四歳のときだ。付き合っている彼女もいて、そのうち結婚して駅近のマンションでも買ってと、ぼんやり将来像を思い描いていた。けれど働いていた会社が倒産し、再就職に苦戦し、彼女ともうまくいかなくなって別れた。今では最初に借りたアパートより、築年数からいったらランクダウンしたアパートに住んでいる。生活費を切り詰めるための自炊なので、工夫や楽しみなど考えもしなかった。

「伯父さんはおれとちがってずっと公務員というのもえらいよ。おれはもう、年齢的にも公務員にはなれないし」

「まだなんだってできる年だろ。伯父さんの頃は転職する人がほとんどいなくて、他に移るって選択肢がなかったんだ」

「ちがう仕事がしたくなったときもあった？」

「そりゃまあね。公務員もらくじゃないって」

伯父は世田谷《せたがや》区の職員に採用され、保健所や福祉部で働いていたと聞いている。大変なこともあっただろうが安定した就職先だ。結婚は考えなかったのかと尋ねたくなったが、それこそ野暮な質問だ。自分だって聞かれたら「さあ」と首をひねるしかない。とりあえず今は予定がなく、当面の課題は就職。

昼食の食器を洗ってからはゴミの出し方や買物で便利なところを教えてもらい、覚えきれないのでメモ用紙に書き込んだ。気がつくとアンジェの反応が変わっている。里志がトイレに行ったり物を取りに行くたびに身体をビクンとさせ警戒していたのに、いつのまにかそれらが薄れ、近くを横切っても緊張しなくなっている。

伯父に言うと「とっても賢いんだよ」と得意げだ。

「里志にはすぐ慣れると思ってた。やっぱりそうなった」

「こっちはまだまだ恐いよ。ほらあの目つき」

「番犬だからね。ちゃんと訓練されてて勇猛果敢なんだ」

「伯父さんがいない間、おれの言うことなんか聞かず、好き勝手にふるまったりして。食べ物を出せとか、おやつを買ってこいとか、だらだら寝るなとか」

里志が言うと伯父は声を上げて笑った。

「想像すると面白い。いいかもしれない」

「そんなあ」

伯父の手術は難しいものでなく、膝を人工関節に換えたあと、同じ病院内でリハビリが始まる。回復具合によるので退院までは二週間から三週間と、目安があるだけだ。その間、留守番と言っても朝の散歩から帰ってきた犬を引き取ったあと、夕方の散歩までは不在になってもかまわないと言われた。自分のアパートに戻ってもいいし、職安に行ってもいいし、友だちと過ごしてもいいし。

それこそ風通しという意味でアパートには行くかもしれないが、それ以外の予定は特にない。就職活動への意欲は薄く、友だちとも連絡し合ってない。今の日常は図書館に行って雑誌を読んだり、となり駅までぶらぶら歩いたり、激安スーパーで食材を買ったり。ほとんどの時間は無料のアプリゲームに費やされる。

伯父が呼び寄せて、ふたりの間にアンジェがやって来た。伯父の片手はまるで言葉を発するようになめらかに動いてアンジェの首に添えられる。

「撫《な》でてごらんよ」

恐る恐る手を伸ばすと、針のような剛毛に思えていたのに触った感じは意外とソフトだ。指先に少し力を入れると伝わってくる体温は温かく、息づかいも感じられた。たどたどしい指先はアンジェにとって心地好くないだろうが動かずじっとしている。伯父に勧められるまま頭や背中を撫でていると、身体を低くして目を閉じる。渋々我慢しているというより、新参者の癖を学習している風情。

そこからはアンジェに関する話を聞いた。ケージの清掃や布類の洗濯の仕方、お気に入りの玩具や遊び、おやつ、あるいは褒めるときのポイントや親愛の示し方など、逐一教えてもらい、メモを取った。伯父が留守番のお礼として日当を払うと言うのを固辞する。わざわざ仕事を休んで来ているわけではない。ただ、仕事をしている気分にはなる。なんとなく気持ちが上がる。もしかしたら自分は働きたいのかもしれない。他人事《ひとごと》のように思い、苦笑いが浮かんだ。

コーヒーをいれてもらい、それを飲んだあと、アンジェを庭に下ろして簡単なボール遊びもした。敷き詰められているのは人工芝だそうだ。五時になるとスマイルペットサービス・マキタの人たちが現れ、伯父が紹介してくれた。若い女性と年配の男性だった。ライトバンでまわって近隣の犬を預かり、このあたりで最適な散歩ルートを歩く。週のうち何日かは訓練センターに連れて行き、トレーニングをかねてたっぷり運動させるという。

アンジェを乗せた車が角を曲がるまで見送り、里志は伯父の家を辞した。しょっぱなの驚きから始まり、予想外の展開が続く長い半日だった。


「あの犬の写真、ほんとうなの？」

庭や室内でのアンジェの様子を母にＬＩＮＥしたところ、既読になってすぐ電話がかかってきた。

「母さんも知らなかった？」

「ぜんぜん、まったく。レンタル番犬って仕組みも初めて聞いたわ」

「おれもだよ。犬がいるから留守番役が必要だったらしい」

「伯父さん、番犬が必要なほど弱ってるわけじゃないわよね？　でなければ近所で凶悪事件が多発しているとか」

「ちがうよ。むしろ生き生きとして元気になっていた」

母親はひとしきり、「なんなのかしらねえ」「信じられないわ」と言ったあと、「伯父さんが元気ならいいわ」と納得する。

「母さんも見に行ってくれれば。家の中も犬に合わせてリフォームしてて、すごく変わっていたよ」

「行きたい気持ちは山々だけど、時間が取れないのよ。伯父さんの入院にも付き添った方がいいんだけど、それを言いかけたらタクシーを使うから大丈夫と言われたの。申し訳ないけど甘えることにしたわ」

母親は看護師の資格を持っていて、今は友人の立ち上げた学童保育の施設で働いている。発達障害のある子どもを受け入れているので人手が常に足りないらしい。いつも忙しくしている。

伯父の入院日は訪問の翌週だった。アパートの冷蔵庫を整理して、着替えを選んでリュックに詰めて、ささやかな準備を進めた。当日は九時までに来てほしいと言われ、それくらいの時間に到着すると、アンジェが散歩から帰ったところだった。玄関先でマキタのスタッフが足を洗って室内に入れる。今日は年配の男性ひとりだ。伯父と話を始める。今日からですね、手術よりもアンジェが気になって、しっかりお世話いたします、そんなやりとりが聞こえた。

男性はトレーニングウェアに身を包み颯爽《さっそう》としているが、六十は超えていそうだ。マキタの社員なのか、非正規か。散歩だけのアルバイトか。ついそんなことまで考えてしまう。里志に気付き、「おはようございます」と快活に声をかけてくれる。里志も笑顔を返した。

その後、アンジェに朝のフードを食べさせると、伯父は愛犬とのしばしの別れを長々と惜しんだ。到着したタクシーのクラクションでようやく腰を上げる。里志とアンジェは道路まで降りて見送った。

玄関ドアを閉めてもアンジェの態度は変わらず、大人しくリビングに移動してくれた。暴君に変身することはなく里志が促すとケージに収まる。

アンジェの一日はだいたい七時頃起床して、八時から九時までの間に散歩。九時から朝ご飯を食べて、その後はフリータイム。十七時から十八時まで散歩、十九時から夕飯、二十二時頃に就寝だそうだ。週一の割合で、トレーニングデイが設けられているので運動不足の心配はないと言われた。

要するに散歩から散歩までの日中は何もしていない。することと言えば昼寝くらい。室内犬の飼い方を検索してみたところ、だいたいがそんなものらしい。散歩してご飯を食べて寝る。気楽な身の上だ。

羨ましいと思いながら、いつの間にかソファーに寝そべってうとうとしていた。アンジェを見るとケージの中でじっとしている。寝ているらしい。自分も犬と変わらない。そう思うと同時に身体が起きる。

眠気覚ましに伸びをしているとアンジェの首が持ち上がった。少しくらい相手をしてやろうか。何事にもコミュニケーションは必要だろう。ケージの扉を開けて外に出るよう促したがそっぽを向かれた。カーテンや窓を開けて庭で遊ぼうと誘っても無視する。

「おい。気を遣ってやってるんだぞ。おまえも付き合えよ」

語気を強めてみたものの、なんの変化もない。灰色の毛並みは静かに上下するだけだ。

夕方の散歩にやってきたのは女性のスタッフで、顔を合わせたのは二度目だった。

何かお困りごとはと問われ、アンジェの話をすると笑われた。庭への誘いだけでなく、玩具をちらつかせたり、ボールを転がしたりしても無反応を貫かれ、ケージの扉を開けたまま二階に上がるといつの間にかアンジェはリビングに出てきた。気がついて階下に降りていくと、あからさまに避ける。吹き出しがあったら入る文字は「かまうな」だったにちがいない。

「たしかにアンジェは喜怒哀楽はあまり出さず、どちらかというと沈着冷静ですね。でも、柔軟性は備わっているのでちゃんと臨機応変に動けます。だから甥御さんの留守番でも大丈夫と、こちらも了解したんですよ」

里志は思わず聞き返した。

「甥だとまずかったんですか。ふつうは同居家族がいるから、その人たちに任せるということですか」

「いいえ、二、三週間の不在でしたら、訓練センターで預かることも可能なので」

初耳だった。電話では、どうしても留守番役が必要というニュアンスで伯父は話していた。

「預けることができたんですか。ならそうすればいいのに。なんでわざわざおれを呼んだのか」

「すみません。変な言い方をしてしまったのかもしれません。入院の間もアンジェには変わらず家にいてほしいというのが波多野さんの希望でした。でもひとり暮らしですし、ときどき誰かが来てくれるだけではやはり犬がかわいそうです。そう思っていたところ、甥御さんが泊まり込んでくださると。波多野さん、とっても喜んでらっしゃいました」

訓練センターではなく家にいてほしい。伯父ならばたしかに言いそうだ。なにしろ猫かわいがり（犬かわいがり？）をしてるので。

「伯父さん、子どもみたいだな」

「私たちからすると大変喜ばしいです。それだけ愛情も愛着も持ってくださっている、ってことでしょう？」

楽しげに白い歯をのぞかせる彼女は伯父と同じタイプの人間らしい。犬好きの犬派、犬かわいがり。

散歩や夜の食事が終わればもうすることはない。検索によれば飼い主とのふれあいタイムが就寝前にあるようだがアンジェは望まないだろう。だったら早くケージに入ってくれればいいものを、夕食後はそわそわと落ち着かない。里志

廊下を行ったり来たりして、玄関のたたきに降りてドアを開けるようせがむ。

が首を横に振るとドアに前足をかけてガリガリ爪を立てる。叱りつけると何度か吠《ほ》えて渋々リビングに戻る。カーテンの隙間からじっと外を見つめ、和室に入ってふんふん鼻を鳴らす。

さすがに気付かずにいられない。

「おまえ、伯父さんを待っているのか」

つぶらな瞳が「そうだ」と訴える。

「入院なんてわからないもんな」

どう言っていいのかわからず歩み寄って傍らに膝を突く。アンジェは逃げずにじっとしている。その身体に里志は手のひらをあてがった。温かな体温を感じる。心臓の拍動も伝わる。

「伯父さん、しばらく帰らないんだ。ちょっと長いよ。二、三週間らしい。でも大丈夫。悪くなっている膝を治すための入院だ。元気になって戻ってくるよ。それまでいい子でおれと待っていよう」

腕を伸ばしそっとハグした。アンジェは嫌がらずにいてくれる。それどころか鼻を鳴らしてうなだれた。初めて見る弱気な姿だ。帰ってこない伯父を思い、不安でもあり、寂しくもあるのだろう。

なんだよおまえ、可愛いじゃないか。

いかつい容姿をしているのに健気でまっすぐ。

しばらく撫でたりトントンしたあと、スマホを持ってきて掛け布団に鼻面を押し当てるアンジェを撮影した。伯父のＬＩＮＥに送る。明日の手術の励みになるにちがいない。すぐに既読になり、興奮した言葉やスタンプが返ってきた。

「だよね、これは効くよね」

ギャップ萌えというやつか。夢中になる気持ちが少しだけわかった。

翌日からひとりと一匹の距離はずいぶん縮まった。親愛の情を示してくれるわけではないが、呼べば顔を向けてくれるし、手招きすればケージから出てくることもある。庭に出たがるので何かと思ったら、アンジェの知り合いが通りかかるところだった。近所の老人だったり中年の女性だったり、制服姿の学生だったりランドセルを背負っている小学生だったり。なかなか顔が広い。

大人は「こんにちはアンジェ。よいお天気だね」というような声かけで、学生や子どもは手を振ったり駆け寄ったりとアクティブだ。中には「あなたは？」と里志のことを尋ねる人もいて、甥と答えると相手の顔が明るくなる。伯父にそういう身内がいることを歓迎しているようだ。

数日経つと伯父の不在に気付く人もいて、具合でも悪いのかと心配するので「膝を治しに病院へ」とだけ話した。

朝ちゃんと起きて、人と挨拶したり言葉を交わしたりしているうちに、自然と活動的な気分になり、求人サイトを念入りに見るようになった。気になる会社や店舗を見つけ、じっさいに足を運んでみた。かつての仕事仲間に相談のメールも出した。

今度会おうよと言ってくれる友だちもいて、待ち合わせに手頃な店をネットで探していると、和室でくつろいでいたアンジェが跳ね起きた。耳をピンと立てカーテン越しに外を睨《にら》みつける。なんだろう。低い唸《うな》り声の中、チャイムが鳴った。

インターフォンのモニターを見れば年配の女性だ。名前が聞き取れない。仕方なく玄関ドアを開けてみると、小柄な女性がぺこりと頭を下げた。

「すみません、お名前がよく聞き取れなくて」

「町田《まちだ》絹子《きぬこ》と申します。波多野さんとはお母さまが元気な頃から親しくさせてもらっています」

とまどう里志に、絹子と名乗った女性は微笑む。ふっくらした頬は健康的で、垂れ下がった目尻も眉も親しみが持てる。年の頃は五十代くらいだろうか。

「波多野さんのお母さま、育子《いくこ》さんとおっしゃったでしょう？　コーラスのサークルでご一緒だったんです。このおうちにもたびたび呼んでもらいました」

たしかに祖母の名前は育子だ。

「そうだったんですか」

「お亡くなりになったときはほんとうに寂しくて。残念でたまりませんでした。ただ、育子さんからは再三『ひとりになる息子が心配』『よろしくね』と言われていたので、育子さんがいらっしゃらなくなってからもときどきお邪魔していました。波多野さんも喜んでくださいましたし」

「伯父が？」

「ええ。たまには私が食事を作って一緒に食べたり。白和《しらあ》えや天ぷらなど、ほんとうの家庭料理ですけど美味しい美味しいと」

もしかして伯父のお付き合いしている人？　そんな人が伯父にいたなんて。

「波多野さん、今は？」

「伯父は膝の手術で入院してまして」

「ええ。存じ上げていますとも。術後のご様子はどうかしらと思いまして」

「元気です。手術当日は相当痛みがあったようですが、翌日から少しずつ引いて、リハビリも始まっています」

「よかったわ。遠慮して電話やお見舞いは控えていたの。あなたはもしかして……」

「甥です。ここの留守番を頼まれました」

「そうかしらと思った。お会いできて嬉しい。突然押しかけてごめんなさいね」

謝られて「いえいえ」と恐縮し、会話は和やかに進むのに、里志の背後では不穏な唸り声が続いている。アンジェだ。今にも飛びかかりそうな物騒な雰囲気を醸しだし、絹子を睨みつけている。

「すみません。こらアンジェ。失礼だろ」

「いいのよ。そのわんちゃんには最初からずっと嫌われているから。もしかしたら私が波多野さんと親しくしているのが気に入らないのかも」

なんてことだ。でもありえるような気もする。賢い犬なので。

「実は今日うかがったのも、そのわんちゃんの件なの。甥御さんにお目にかかれてよかったわ」

アンジェを押さえつけながら「なんでしょうか」と尋ねる。

「差し出がましいことだと重々わかっているんだけれど、どうしてもご相談せずにはいられなくて。その犬は借りものでしょう？　レンタル番犬っていうんですってね。

かかっている費用はご存じ？」

「いえ」

「私もよ。知らなかった。でも教えてくれる人がいて驚いたわ。ひと月、十万円もするらしいの」

思わず「え！」と声が出た。

「そんなに？」

「でしょう。いくらなんでもかかりすぎよ。犬をふつうにお店で買ったって、高くて数十万円くらい？　ほんの数ヶ月で元が取れてしまう。ただ借りているだけなのに、どうしてそんなに支払わなきゃいけないの。私もう、心配で心配で。波多野さん、うまいこと乗せられてるんじゃないかしら」

里志は立ち尽くした。返す言葉が浮かばない。伯父の笑顔を思い出すといっそう不安がかきたてられた。

絹子が帰ってからもマキタへの疑念が渦巻き、アンジェも不機嫌だった。ボールやロープで、遊ぶというより八つ当たりしたあと、伯父の掛け布団にくるまり寝てしまった。

犬が悪いわけではない。アンジェは伯父を慕い、伯父も可愛がっている。そこは認める。けれどマキタへの不信感は拭いがたい。ぼったくられているのではないか？　だとしたら身内として断固、許せない。

伯父に電話をするとそのときは出なかったが、二十分ほどしてから折り返してきた。アンジェに何かあったのかと聞かれ、そうじゃないと答え、絹子の訪問を伝えた。「そうか」というあっさりした返事だ。どういう関係なのかと問い詰めたいところだが、もっと話し合うべき懸念事項がある。

里志がレンタル料金の十万円を言うと、伯父は「まあね」「それはね」と言葉を濁す。

「かかりすぎだよ。おかしいと思わない？　伯父さん、ふっかけられてるんじゃないの？」

はっきり言ってやると、焦ったような声が返ってくる。

「ぜんぜん高くないよ。散歩ひとつ取ったっていくらかかると思う？　里志は一回千円で引き受けるか？　なんのかんの二時間近く拘束されるのに」

「千円……。それはちょっと」

「安く見積もって朝晩で二千円。毎日頼んだら月六万円だ。その他にトレーニングにも連れて行く。定期検診もワクチン接種も受けさせる。人件費と諸費用だけで十万円なんてあっという間だよ」

具体的に言われ、ぐうの音も出ない。

「もともと人に物を頼むと高くつくんだよ。風呂場だって台所だって、掃除を家事代行業に頼めばかなりの出費になるだろ」

このあたりのレンタル犬をライトバンで集め、まとめて散歩しているのは、少しでも人件費を浮かせるためだそうだ。効率よく世話しなければ料金はもっと跳ね上がる。

「でも伯父さん、料金設定はまあまあ説明つくとしてだよ。やっぱり高いとは思わない？　この先、払っていけるの？」

「その点は貯金があるから大丈夫。里志や利恵子《りえこ》たちには迷惑かけない。約束する」

利恵子とは母のことだ。伯父の太鼓判は残念ながら里志のもやもやを晴らしてくれない。

ためらいはあったがその夜、母に電話をかけた。ケチと言っては語弊があるが、母はそれなりの締まり屋だ。十万円と聞いてただではすまないだろう。

絹子という女性の訪問を話すと、「あらそう」くらいの冷静な反応だったが、続いてレンタル番犬の費用を伝えると息をのむ気配がした。雷の落ちる数秒前か。無言になっている間に、伯父の弁も話した。公平を心がけつつ、里志としては高すぎるという意見に同意してほしかった。一緒に対策を考えてほしかった。

なのに母はしばらくの沈黙のあと、「いいじゃない」と言い放つ。

「貯金があるから大丈夫なわけでしょ。本人の納得があるのなら任せましょ」

「いやでも、一年で百二十万、十年で一千二百万円だよ。わかってる？」

「わかっているわよ。十年でも二十年でも好きなだけ飼えばいい。可愛がっているんでしょ、その犬、アンジュだか厨子王《ずしおう》だか」

「やめろよ。アンジェだ」

「貯金がなくなったら家を抵当に入れて借りればいいわ。あの家、全部伯父さんのものだから。おばあちゃんに頼まれて私、相続放棄したのよ。なんとでもなるはず。あなたは犬のお世話と留守番に集中して。今一番大事なのはそれよ」

予想の斜め上すぎて滑って転んだような感覚……。呆然としていると、アンジュ……ではなくアンジェが心配して寄ってきた。ハグさせてもらい、匂いを嗅がせてもらい、体温で暖めてもらう。暴雨風にさらされていた心の海面が少し落ち着く。大きなもので包まれているような安堵《あんど》感や、よしよしと甘く慰められるような充足感を、腕の中の生き物は与えてくれる。

ずっとそばにいてくれたらどんなにいいだろう。

「おまえを伯父さんから引き離したいわけじゃない」


二日後、珍しく父親から連絡があり、こちらに来るという。噂の犬を見に行きたいと。六十六歳になり、週四日だけ働いている父の方が母より暇なのだ。

午後の二時頃と言われて待っていると、それより早くに絹子がやってきた。

「あれからいろいろ気になって。ぼんやり歩いていたら、育子さんの好きだったお菓子が目に入ったの。お仏壇に供えさせてもらってもいいかしら」

提げていた小さな紙袋を合図のように持ち上げる。アンジェはまたしても険悪な形相で、牙をちらつかせながら唸り声を上げている。それを押さえつけて家の中に招き入れた。

絹子は勝手知ったる雰囲気でリビングを横切り、奥の部屋の仏壇にお菓子を置いて手を合わせた。

「レンタル料金の件、どなたかにお話しした？」

お参りがすんだのち、絹子が台所に立ってお茶をいれた。やかんの場所も湯飲みの場所もよくわかっている。仏前から下げたお菓子の包みを開き、小さなおまんじゅうを出すところまであっという間の流れだ。

どうぞと勧められ、里志は椅子に腰かけた。

「金額が大きかったので伯父に直接聞きました。そしたら本人は納得していました。犬の世話という労力などを考えると、高すぎる料金設定ではなさそうです」

絹子は小さくうなずく。

「さらに伯父からは貯金があるから大丈夫と言われました。心配しなくていいと」

「だからって、ハイそうですかとはならないわよね。ふつうの感覚とはかけ離れているわ」

今度は里志がうなずく。

「なのでその日の夜に母に電話しました。伯父の妹です。金額を言ったら驚いた様子だったんですけど、怒るのではなく『いいじゃないか』と。伯父のお金なんだから好きに使えばいいと言い出して」

「え？」

「おれもびっくりしました。まさかそう言われるとは思わなくて」

「あんまりだわ。それはちょっと。なんていうかその、冷たすぎない？　ああ、ごめんなさい。失礼な言い方して。でもそんなふうに突き放さなくてもいいのに。今回の入院も手術も付き添ったりしないんでしょう？　育子さんが亡くなった今、お身内はとても少ないはずよ」

絹子はテーブルの端っこに置いた手提げ袋から、ハンカチのようなものを取り出して目元を拭った。

「通夫さんが気の毒だわ」

いたたまれなくて里志は下を向く。

「犬をこの家に入れたのも寂しくなったからなのね。薄々感じていたけれどやっぱり。だから心配だったの。弱くなった人の心に、つけいる人が必ずいるから。このまだともっとふっかけられるわ。十万じゃすまない。あの費用、この費用と要求されて、気がつけばごっそり持っていかれている。そうなってからじゃ遅いの」

「いや、でも」

「あなたも伯父さんのことをほんとうに思うなら、協力してくれないかしら」

「協力？」

「今までよりもう少し頻繁にここに来てほしいの。私も来るようにするわ。そうすれば犬に頼らなくてもよくなるでしょ。明るい会話や美味しい食卓を、通夫さんに楽しんでもらいましょうよ。それだけでぜんぜんちがう」

うなずきそうになるが、「待てよ」と思う。伯父はたびたび顔を出す甥を歓迎してくれるだろうか。なんの遠慮もなくくつろいだ時間が、一緒にいて過ごせるだろうか。そもそも自分は伯父がつらいとき、傷ついたとき、その心を癒やすことができるのか。常にまっすぐな気持ちで慕い続けることができるのか。

「いやその、ちょっと待ってください。おれたち、いえ、おれだけでもいいんですけれど、アンジェのようにはなれないかも。無理って気がします」

「は？　どういうこと？」

「伯父とアンジェの信頼関係は相当なものです。おれにはとても代役なんて」

絹子はあきれた顔になり、続いて「やだわあ」と笑う。

「犬はそばにいたって何もしてくれないのよ。話だってできない」

笑えない里志が眉根を寄せていると、リビングにいたアンジェが立ち上がってしきりに表を気にする。小さく吠える。

「ん？　どうかした？」

リビングを横切り、カーテンを片側に寄せる。庭の向こうに行き交う人影が見えた。大きな声で何か言い合っている。里志はガラス戸を開けて身を乗り出した。アンジェも顔を出して吠える。それが聞こえたようで立ち止まる人がいた。ゴミ捨て場で顔を合わせたことのある近所の人だ。

「どうかしたんですか」

「ああ、甥御さんだっけ。なんでもないと言いたいとこだけど、ゴミ捨て場のネットにカラスが引っかかってさ」

「カラス？」

「暴れるもんだから、よけいにこんがらがって大騒ぎだ。よかったら手を貸してもらえないかな。若い人が来てくれると助かる」

「はい」

「軍手あるから、手ぶらでいいよ」

　里志は部屋に引っ込み、アンジェには窓辺から動かないよう命じ、絹子にも「すぐ戻ります」と声をかけて外に出た。

　ゴミ捨て場には十数人の人だかりができていた。カラスのダミ声とまわりから上がる悲鳴で騒然としていたが、男性のひとりが果敢にもネット越しにカラスを押さえ込んでいた。里志はまわり込んで手を貸す。ふたりがかりで慎重に羽を畳ませ身体を手のひらで包み込む。

ようやく大人しくなったので、ネットから足の指を一本ずつ外して、頭や身体も出してやる。解放されたカラスはしばらくぴょんぴょん跳ねていたが怪我は免れたらしい。羽を広げて民家の柵に舞い上がる。そこから庭木に飛び移った。

里志は置いてきたひとりと一匹が気になったので、軍手を貸してくれた男性に断りを入れて小走りで家に戻った。玄関ドアを開ける前からアンジェの吠え声が聞こえる。荒々しく怒りに満ちている。

ドアを開けてすぐ状況はわかった。アンジェは階段の下に陣取り、踊り場でうずくまる絹子を威嚇している。

「なにやってるんだ、こら！」

駆け寄って身体を抱え込む。絹子は半泣き状態だった。

「何があったんですか」

「トイレを使わせてもらったの。出てきたら犬がいてリビングに戻れなくて、おろおろしていたら吠えるのよ。それはもうすごい剣幕で。恐くて階段に逃げて、ここであなたを待っていた」

「すみません。ケージにいれておかなかったおれのミスです」

叱られ抱え込まれてもアンジェの唸り声は止まない。興奮しきっている。

「ごめんなさい、失礼するわ。震えが止まらない」

絹子は身を縮めて階下に降り、リビングに入って自分の手提げ袋を持ってきた。里志は「申し訳ありません」を繰り返し、絹子は逃げるように玄関から出て行った。

「アンジェ、やってはいけないことだぞ。おまえならわかっているだろ。どうして吠えたりしたんだ。何もしてない人を攻撃するなんて一番悪いことだ！」

思い切りどやしつけ、睨みつける。けれどアンジェはひるむことなく里志の腕をすり抜け階段の下に立ち止まる。「おいおまえ」とさらに怒鳴ろうとしたけれど、それより先にワンワンと鳴かれた。

アンジェは前足を二段目に置き、里志を見て「上だ、上」という仕草をする。

誰もいないはずだ。絹子も帰った。でも執拗《しつよう》に促され、二階に上がる。アンジェにもついてくることを許す。

二階は静まりかえっていた。なんの気配もない。ただ、物置部屋と化している洋間でアンジェがそれを見つけた。絹子のハンカチだ。ついさっき見たばかりなのではっきり覚えている。彼女はトイレの後アンジェに吠えられ、恐くて階段の踊り場に逃げたと話した。二階にはあがっていないような口ぶりだった。

でもハンカチは落ちている。祖母の箪笥の真ん前に。

里志は逸る気持ちを抑え、箪笥に歩み寄り、二段目の引き出しを開けた。そこの左側、手袋やポーチの下に封筒があったはず。中に一万円が入っていた。伯父に聞いた祖母の箪笥貯金を思い出し、つい一昨日、探し当てていた。

中身を見てそのまま戻したのに、封筒ごとなくなっている。

「そんな……」

脇に控えるアンジェを見下ろすと、漆黒の双眸が自分を見つめている。尻尾がゆらゆら動く。

「ひょっとして前にも似たようなことがあったのか。伯父さんが席を外したすきに、あの人は押し入れの中とか仏壇の奥とかあさって、見つけた金品をポケットにねじこんだ。アンジェはそれを見ていた？　だから嫌ったのか。怪しいやつと吠え立てた」

このままにはしておけない。確かめたい。今の想像があっているのかまちがっているのか。まだわからない。

「アンジェ、おいで！」

一階に降りて廊下の物入れから散歩用のリードを取り出した。伯父に教えてもらったが使うのは初めてだ。装着してアンジェに言い聞かせる。

「絹子さんを追いかけるんだ。絹子さん、このハンカチの人。わかるだろ？　見つけたらほんとうのことを聞き出す。おれも頑張るから、アンジェも頑張ってくれ」

鼻先にハンカチを持っていくと「おん」とひとつ鳴いた。気のせいか、やる気がみなぎっている。

うまくいくかどうかは深く考えなかった。成功したらめっけもん、くらいの気持ちだったが、道路をくんくん嗅ぎながら進むアンジェは頼もしい。足取りもしっかりしている。ときどき路地の四つ角で立ち止まることはあっても、まっすぐか右か左か、精悍《せいかん》な風貌で熟考し選んでからはぐいぐい進む。

そうやって町内を歩くこと十分弱。木立の茂る公園にたどり着いた。アンジェの足が遅くなり里志を見上げる。合図をもらった気がして耳を澄ませながら公園をうかがう。

女の人の話し声が聞こえた。トイレ近くのベンチからだ。そっと近づいて背後にまわりこむ。息を殺して耳を傾ける。アンジェもほぼ同じ行動を取る。喉も鳴らさず身震いもしない。

「ダメよ、あたしがみつけたんだから。独身で子どももいないってだけで珍しいのに、土地持ちだからね。張り切るわ、そりゃ。あたしの老後は安泰よ。うん。男なんてみんな同じ。家事をやってくれる女がいればそれでいいの。あとはちょっと持ち上げてやりゃ骨抜きよ。まあ見てなさい。庭付きの一軒家はもうすぐあたしのもの」

高らかな笑い声も話の内容も別人のようだ。でもどこからどう見ても絹子。

「ああ、犬ね。まだいる。ほんと腹立つ。何様のつもりよ。とんでもない邪魔者だけど、追い出すことができそう。今、甥ってのがいてさ、これがまたちょろいんだわ」

再び高笑い。さらに「ふんふん」「あはは」がひとしきり続いたが、長電話に飽きたらしくアンジェがぶるんと身体を震わせた。「どうするの？」と言いたげに、里志を見ながら「おうん」と鳴いた。

それが聞こえたようで、絹子が振り返る。びくんと身体が弾むくらいに驚く。電話を切って立ち上がったので、里志はまわりこんで正面に立った。もちろんアンジェも。

「なんであんたがここにいるの」

「あなたに言いたいことがあったので、追いかけてもらいました」

アンジェのリードを少し持ち上げる。犬の嗅覚が優れていることくらいは知っているだろう。絹子は顔を歪《ゆが》めた。

「人のあとをつけて盗み聞き？　見かけによらず育ちの悪いこと」

「なんとでも言ってください。あなたの今の会話、録音させてもらいました。もう伯父には近づかないでください」

「はっ。あんたが決めることじゃないでしょ。馬鹿ね」

「伯父に決めてもらいます。それと、あなたが二階の箪笥から盗った金、返してください」

絹子は素っ頓狂な声で「はあ？」と聞き返す。

「なんのこと？」

「今ここで返さないなら警察を呼びます。おれ、本気ですから」

「そんなもの知らない。あたしがやったって証拠でもあるの？」

「ありますよ。封筒にも金にも触ったでしょ？　祖母の指紋とあなたの指紋がべったりついてる。箪笥にも引き出しの取っ手にもね。鑑識にとことん調べてもらうので、おれはぜんぜんかまわないんですよ」

ありったけの力を込めて睨みつける。ついさっき、アンジェにはまったく効かなかったそれが、絹子には通じたらしい。ひるんでくれる。里志はリードを持っていない方の手を差し出した。

「返してください。それとも警察にしますか？」

あと一押し、とどめのつもりで言ったのに、絹子は「ふん」とそっぽを向いてそのまま踵《きびす》を返した。逃げる気だ。

と思った瞬間、アンジェが素早く動いて絹子の前に立ちふさがった。猛然と吠えかかる。その剣幕に押され、絹子は手提げ袋から白い封筒を取り出した。草むらに向かって投げつける。アンジェが取りに行くすきに、「このバカ犬！」と悪態をつくのを忘れず駆け出した。


すごいね、えらいよ、さすが番犬、頼もしい。そんな言葉が止めどなくあふれ、リードを持つ自分までが誇らしい。話を録音したというのはでまかせだったが、うまくいったのだからグッジョブだ。

「アンジェにとっても、伯父さんちでの初仕事じゃないか？　そうだ。この金で何か記念品を買おうか。いいと思わない？」

興奮冷めやらぬまま家に着くと、玄関の前に誰かいた。

父だ。うっかりしていた。あわてて駆け寄りアンジェを紹介する。父は無邪気に相好を崩し、アンジェは最初から警戒心をあまり見せない。父はリフォームの出来映えに感嘆し、仏壇に手を合わせ、台所の湯飲みに目を留める。

誰か来ていたのかと尋ねられ、たった今の出来事をかいつまんで話した。

「するともう少し早く来ていたら、その人と鉢合わせしたんだな」

「そうしてほしかったよ」

父は手を横に振る。「遠慮します」というポーズ。昔からひょうひょうとして流れに身を任すタイプだ。

「聞いてて思ったけど、通夫伯父さんはその人となんでもなかったんじゃないかな。おばあちゃんと親しくしていたというのも怪しい。思い出話をされたらそれがほんとうかどうかはわからないし、仏壇にお参りしたいと言われれば無下にもできない。そういう心理を巧みに突いて上がり込み、一度うまくいけば二度、三度はたやすかったりして」

「なるほど。言われてみればたしかに」

絹子は犬を飼う相談もされていないし、病院への見舞いにも行っていない。ひょっとしたらどこの病院なのか、知らされていないのかも。

「勝手に押しかけて図々しくふるまっていたのか。あぶねー」

「一番危ないのはおまえだな」

面目ない。何しろ「ちょろい」やつなので。

「大事に至らなくてよかったよ。父さんからも通夫さんに話しておこう。今日はこのあと、病院に行くつもりなんだ。おまえは犬がいるから付いてこなくていいよ」

「そう？　おれも行きたいとは思ってるんだ」

「噂の番犬に会ってみたくてこちらに寄ったんだが。もうひとつ、折り入っておまえに聞かせたい話がある」

やけにあらたまった顔になり父はそう言った。台所のテーブルに向かい合わせに座る。「たぶん知らないと思うけど」と前置きから始まる。

「通夫さんな、結婚するはずの女性がいたんだ」

「え？」

「おまえが生まれる少し前だから、かれこれ四十年前になる」

里志の驚いた顔を見て父は話を続ける。

「通夫さんと同年代の素敵な女性だった。優しくて聡明で気取りがなくて。結納を交わし、式の日取りも決まっていた。そんな矢先だ。ふたりで出かけた先で事故に遭った。居眠り運転のトラックが対向車線をはみ出し、乗用車はよけきれずに大破。運転席にいた通夫さんは一命を取り留めたが、助手席にいた彼女は亡くなった」

伯父の足が不自由なのはそのときの後遺症だと父は言った。初めて聞く話に、頭の中が真っ白になり言葉が出ない。鳥肌が立つ。

「通夫さんはもちろんだが母さんも未だにショックが残っていてね。自分からこの話はできないと、父さんに頼んだわけだ」

母にしてみれば義理の姉になるはずだった人。見たことがないのに、楽しげに話しかけている姿が浮かぶような気がした。

「父さんも会ったことあるの？」

「ああ。その頃すでに母さんと結婚していたからね。よく覚えているよ。お似合いのふたりだったことも、事故の知らせを聞いたときのことも、たくさんの人が泣き通していたお葬式も。通夫さんは怪我の治療を終えて退院してからも抜け殻のようだった。生きる気力を失い、何も出来ない。そんな通夫さんに両親、里志のおじいちゃんやおばあちゃんは気持ちを込めて寄り添い、心の回復を待った。通夫さんは悲しい思いを親にさせたくなかったんだね。少しずつ寝られるようになり、食べられるようになり、半年ほどして仕事にも復帰した。それから数十年、おじいちゃんが亡くなり二年前におばあちゃんも亡くなった。ほんとうは母さん、ずいぶん心配していたんだよ。通夫さんの心の糸がぷっつり切れてしまうんじゃないかって」

四十年も経っているとはいえ、父でさえ女性の死を深く悼んでいることが言葉の端々から感じ取れる。

「母さんなりに気を遣い、ときどき電話したりお墓参りに誘ったりはしていた。でもしょっちゅう顔を見に行くってわけにはやっぱりいかない。どうしたもんかと思っていたところ、手術をすると連絡があった。さらにおまえから聞かされた犬の件」

「母さん、電話口ではただ驚くだけだった。十万円の経費については『いいじゃない』って突然言い出すし」

「喜んでいたよ」

父は嚙《か》みしめるように言った。

「四十年前に抜け殻になったあと、生きる気力を取り戻してくれたのかどうかはよくわからない。もともと通夫さん、物静かな人だ。静かに淡々とおじいちゃんやおばあちゃんを悲しませないように生きている、この世に自分の楽しみや喜びは求めていない、そんな印象を、母さんだけでなく父さんも受けていた。それってすごく寂しいじゃないか」

里志は首を縦に振った。これまでずっと伯父は可もなく不可もなくの人だった。会えばふつうに言葉を交わしてくれる。嫌な思いをしたことはない。でもそれだけ。お年玉を差し出すときの顔も言葉も記憶にない。

「そしたら犬だもんな。自分の意志で飼い始めたんだろ？」

「うん。病院の待合室でレンタル番犬のことを話している人がいて、途中から割り込んでいろいろ聞いたらしい」

「いくら世話してくれる人がいると言ったって、家に生き物がいたら煩わしいこともあるだろう。それなりに厄介で面倒だ。なのにどうしてわざわざ？　誰に頼まれたわけでもないのに。里志の話では通夫さんずいぶん可愛がっているらしい。楽しそうにしているらしい。そう言って母さん、泣いてたよ。あのことがあって以来初めて、自分で自分を喜ばせているって。喜ぶ自分を責めない、許す、そういう気持ちになってくれたんじゃないかって」

目の奥が熱い。鼻の奥が痛い。

伯父の笑顔がいくつも浮かんだ。アンジェを呼び寄せるとき、タオルの引っ張りっこをするとき、フードを食べる横顔を見守るとき。愛おしそうに目を細めていた。訓練センターに預けるのではなく、家にいてほしいというわがままに、今なら笑ってうなずける。伯父はアンジェからたくさんのものをもらっている。

「だから母さん、費用のことをとやかく言いたくなかったんだね」

「まあな。通夫さん、お金を使わない人で、給料のほとんどを貯金していたらしい。自分の貯めたお金を自分の好きに使う、いいじゃないかと母さんは言いたかったんだよ。里志もだぞ。ちゃんと働いてちゃんと使いなさい」

自分のために。父は言わなかったが里志はそう受け止めた。働いて得た金を自分のために使う、それはきっと、自分を大事にすることに繫《つな》がるのだから。


「アンジェ、もうすぐだよ。ほら見えてきた。あの建物だ」

リードを手に歩くこと一時間弱、伯父の入院している病院が目と鼻の先だ。絹子を追いかけたときは無我夢中だったが、そのあとマキタのスタッフに相談して散歩の練習をさせてもらった。単にリードを持って歩けばいいというものではない。散歩のルールを犬に守らせながら歩くのが重要だ。

そのルールとは、主人の歩調に合わせて歩く、先んじて引っ張ったりしない、他の犬がいても騒がない、吠えかけられても相手にしない、信号などの交通ルールを守る、急なクラクションやエンジン音などに取り乱さない、などなど。

術後の経過が順調で杖なしでも歩けるようになったら、伯父はアンジェを連れて家の外に出たいのだろう。そのための手術とも考えられる。里志とのトレーニングは予行演習になるのかもしれない。もうひとつ、一緒にお見舞いに行くという目的が果たせる。

伯父のいる病院まではバスや電車を使うのが一般的だが、伯父宅から距離にして三キロちょっと。途中の公園で小休止を挟みつつ、健脚ならば歩くことが可能だ。犬を連れて建物内には入れないが、敷地に面している歩道ならば歩いても立ち止まっても自由だ。

伯父にその話をするととても喜んで、ぜひともアンジェに会いたいと言う。写真や動画はLINEに送っていたが、本物をひと目だけでもという気持ちは強いようで、積極的に調べて一階奥にあるレストスペースを見つけた。

そこからだと敷地の狭い通路と、ツツジの植えられた細い花壇の向こうがもう歩道。数メートルの至近距離から顔が見られるらしい。

里志たちは約束の時間に到着した。リードを短く持って正面玄関を通り過ぎ、建物沿いに歩いて行くとフェンスに代わって細長い花壇が始まる。慎重に進んだ先、ツツジの植え込みに、間隔の空いているところがあり、そこから見える窓に伯父の姿が。

「いたよ、アンジェ。伯父さんが見える」

不安げに垂らしていた尻尾が少し動く。里志は背後から上半身を抱え、花壇の縁に前足を置いて立ち上がらせた。アンジェにも伯父が見えたらしい。必死に身を乗り出す。

伯父が窓ガラスを開けた。長い時間でなければと病院スタッフから許可を得ている。

「アンジェ！」

呼びかけられ、手を振る伯父に向かって「わんわん」と応える。尻尾は左右に振られっぱなしだ。

「吠えちゃダメだよ、静かにね」

里志が寄り添って人差し指を立てると、賢いアンジェにはわかったようで鼻を鳴らす。吠えるのではなく甘え鳴きをする。よしよし、おりこうさんだと頭を撫でた。

首輪につけたイニシャル「A」のチャームが毛並の間に見える。例の初仕事の記念品だ。里志はシェパードのイラストがついたTシャツを着ている。

今日は火曜日。退院は今週の金曜日に決まった。退院祝いは、シェパードのイラストをワッペンにしたキャップを用意してある。留守番もあと少し。

昨日から履歴書を書き始めた。友人知人のアドバイスに耳を傾けたり、ネットの口コミ情報を読んだり、じっさいに足を運んでみたりして、いくつかピックアップしたところがある。スポーツ用品店とシューズメーカーと衣料品メーカー。採用されたら配属先で一から頑張ってみようと思う。ショップでも倉庫でも、早朝でも土日でも。

身軽なことが身上だ。
不安や気後れがないわけではない。でも、前に向かってまず一歩。
伯父の笑顔とアンジェの尻尾が背中を押してくれるから。

友だち追加

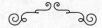

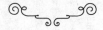

岸本葉子

KISHIMOTO
YOKO

神奈川県生まれ。エッセイスト。
東京大学卒業後、保険会社勤務を経て、
中国に留学。2003年、自らの闘病を綴った
『がんから始まる』が大きな反響を呼ぶ。
『ひとり上手』『ひとり老後、賢く楽しむ』
『私の俳句入門』
『60代、変えていいコト、変えたくないモノ』、
長編小説『週末の人生 カフェ、はじめます』、
短編小説集『人生の夕凪 古民家再生ツアー』、
お買い物エッセイ「買おうかどうか」シリーズ
など著書多数。

ストロボの眩《まぶ》しさにナツは思わず目を閉じた。重そうな三脚とカメラがものものしく構えられ、レンズがナツに向けられている。

「仁王立ちだとちょっと怖いな。体を斜めに振りましょう」

レンズの向こうからカメラマンの指示が来る。後ろにはスタッフが何人も黒子のように控えていて、誰が誰やらナツはよく頭に入らない。

四月の晴れた日、白亜の館と呼ぶにふさわしい一戸建てのカフェの店内で、婦人雑誌のファッションページの撮影に臨んでいる。六十八歳にして初めてつとめるモデルである。身に着けているのは、スタイリストなる人が用意した白シャツとデニムパンツだ。シャツの丈は、ふだんのナツが定番としているポロシャツよりかなり長そうだが、メイクしてすぐ着替えてそのまま移動したため、自分がどんななりをしているか、似合《せ》っているのかいないのか、鏡で確かめる暇もなかった。店内奥の個室のこの部屋へ急かされて入るや、スタイリストに白いシューズを差し出され、床に貼られたテープの印に、カメラマンに言われるまま爪先を合わせ直立した。

「逆、逆。二人、半分向き合う感じで」

ナツの隣で体を半回転させるのは、同じマンションに住む同世代のカズヨだ。白シャツの胸が呼吸するにつれ上下しているのは、カズヨもまた緊張の極みにあるのか。たまたま同じ時期に管理組合の役員をつとめ、共にひとり身、かつ趣味がフィギュアスケートウォッチであることから交流が始まったものの、まさかモデルデビューをいっしょにするとは思わなかった。

「向き合いすぎ。戻して。立ち位置がずれた。爪先はテープのまま。右の人、ちょっと左肩を引く」

右ってどっち？　カズヨの左にいるけれど、カメラマンから見て右は自分？　混乱し、額に汗が滲《にじ》み出る。

「右の人、まだ怖いです。もっと笑顔で、もっともっとニコーッと」

怖いです、と区役所に勤めていたとき上司から苦言を呈された。一六八センチの長身で体つきもがっしりしているため威圧感を与えがちなのは仕方ないとして、区民に応対するときはもう少し表情を和らげることはできないか。仏頂面でとっつきにくいという声が寄せられていると言われた。改善に努めたものの、退職しひとりの時間が長くなってからは、顔の筋肉まで固くなった気がする。

「もっと笑顔で、もっともっとニコーッと」

頬の筋肉を力いっぱい引き上げると、布を絞ったような皺《しわ》が目の周りに寄るのがありありとわかった。下瞼に押されて涙がこぼれそうだ。厚塗りされたファンデーションもたぶんひび割れ……と思ったところで「入ります」。ヘアメイクが小走りで来てスポンジを当て、スタイリストも駆け寄りシャツの裾を調える。あっちこっちを押されたり引っ張られたりする間も、立ち位置と角度が変わらぬよう、微動だにせずにいる。

「そう、おしゃれなカフェでこれから女子会の始まりですって、楽しみでたまらない感じでニコーーッと」

頬の筋肉が引き攣《つ》り、のぼせと涙で視界がかすむ。

「瞬きはがまんー。そうそう。ラストです、頑張って思いっ切り笑顔でニコーーーッと」

ストロボが焚《た》きに焚かれ、汗はもう脇を、背中をとめどなくつたい落ちている。

モデルがこれほどの苦行とは思わなかった。撮影の余裕のなさも想像外だ。柔らかな笑顔で優雅に服をまとっている『ミセス倶楽部』のファッションページのモデルさんたちとはかけ離れている。

半月ほど前は、自宅のダイニングテーブルで『ミセス倶楽部』をめくっていた。ポロシャツとストレッチの効いたカーゴパンツでくつろいで、巻末近い「銘品お取り寄せ」ページに載っているスイーツの数々、「丹波《たんば》の大粒栗をリンゴの花の蜂蜜とラム酒で煮た芳醇《ほうじゅん》な香りのマロングラッセ」や「北海道産ジャージー乳の濃厚なクリームを贅沢《ぜいたく》に使用したシルクのような口どけの生チョコレート」などを、うっとりと眺めていたのだ。四月号が出て間もない三月下旬のあの日から、モデルデビューは始動した。ただし載るのは『ミセス倶楽部』ではない。別の婦人雑誌『トキメク』である。

三月下旬、ナツは自宅リビングのダイニングテーブルで、早々に予約しておいた『ミセス倶楽部』四月号をめくっていた。『ミセス倶楽部』は月刊の婦人雑誌の中でも富裕層に向けて作られている。本のように角のある綴《と》じ方をして、上質のつや紙を使っているためとても重く、誤って足の甲にでも落としたら骨折しそうなほどである。ファッションページに載る服や服飾品の価格は、ブラウス一枚でもナツが区役所で働いていた頃の月給、ジュエリーにいたっては年収くらいにあたり、退職した今は年金とたまのアルバイト収入で暮らすナツには、とうてい手の届くものではない。雑誌そのものも千五百円するため、買わずに図書館で借りてくる。区の図書館がナツのアルバイト先である。

むろん正規の貸し出し手続きを経て借りている。職権を乱用することなく、貸し出しの予約が先に入っていれば順番を待ち、コピーを取りたいページがあれば所定の料金を払って取る。決まりは守って堂々としていたい方であり「公務員気質」と揶揄《やゆ》されても、そのスタイルは崩さない。

誌面を飾るのは梨園の妻や、昔で言う華族の家柄の母子、旧大名家のお正月迎え、三代で祝う雛《ひな》の日の御膳といったところが毎年定番の特集だ。フィギュアスケートの特集も多く、それを見るためナツはよく借りてきた。三月下旬は競技シーズンを締め括《くく》る大会である世界選手権が終了し、アイスショーが始まろうとする頃にあたるため、観覧ツアーのプロモーションを兼ねた「氷上の美」と題する写真特集が組まれ、ファンには眼福ものなのだが、

「華がないわねえ」

とナツは一瞥して過ぎた。一月に推しの選手が現役を退いてから見る気が失せてしまった。

フィギュアスケートウォッチという趣味をなくしたナツに残る趣味は、食べること

である。作るのは好きで、この冬もカレーうどん、キムチ入りひとり鍋といったメニューに探求心を向けてきた。

着るものも日頃の食事も、贅沢とはほど遠いナツが『ミセス倶楽部』でお取り寄せを考えているのにはわけがある。二か月後にお祝い事を控えているのだ。来《きた》る五月二十日は自宅マンションのローンを完済して十周年にあたる。

自宅を購入しようとした頃は、金融機関のおひとり女性に対する審査が厳しかったが、公務員の信用と高収入ではないが安定した給与を基に、どうにか借り入れることができた。三十五歳になる年に組んだ二十五年ローンで、定年前になんとか返し終わる計算である。同僚のおひとりさまの男性には、月々の負担は少なくしそのぶん愛車に注《つ》ぎ込んでいると語る人がいたが、ナツには気が知れなかった。途中で何があるかわからないのだ。退職金を当てにせず、節約して月々の負担を多めにし、定年までに完済する方を選んだ。

「ひとりだと、作る方が高くつかない？」

昼休み、弁当を開くナツに、隣席の同僚女性は言った。ナツは悠然と首を振る。区役所の食堂なら外よりは安いが、作るのとどちらが経済的か、凝り性なところのあるナツは電卓を叩いて試算したのだ。節約のかいあって最後の二年分を繰り上げ返済し、五十八歳で完済したときの解放感は忘れがたい。節約生活からの解放ではなく、不安からの解放だ。ローンを背負っている間自宅についていた担保も外れ、家を追われるおそれはなくなった。

そもそも、おひとり女性は貸し付けの客でないといわれた時代に購入したのは、年をとってから住むところのなくなる事態を避けたかったからである。勤め始めて賃貸アパートに住んでいたとき、近所の木造モルタル集合住宅が老朽化のため取り壊される事態が持ち上がった。住んでいるのはお年寄り、わけてもひとり暮らしの女性が多く、通っていた銭湯で会うひとりに、

「よそへ移ろうにも、高齢を理由に契約をしてもらえないの。人生の最後でこんな思いをするなんて」

と泣かれ、役所の相談窓口を教えつつ、年を取ってから居場所のなくなる心細さを痛切に感じた。

完済した五月二十日には毎年ささやかな祝い品を自分に贈ってきた。食べることが好きだからもっぱら食べ物、それもスイーツ類に限っている。腹の足しにならないものの方が贅沢をしていると感じられる。紅茶に落とすリキュールボンボン、濃いめの珈琲のお供に頬張るひと粒チョコなどを、毎年百貨店で選ぶのが常だった。

十周年の今年は常よりも大盤振る舞いし『ミセス倶楽部』でお取り寄せしたい。ページの中で特にひかれるのが、北海道産の生チョコだ。トッピングはないけれどチョコそのものが滑らかな照りと、深みのある輝きを放っている。ベルギーで修業したショコラティエの監修だそうで、産地から空輸されてくるという。写真で見ると小さな箱で、これっぱかりの量に送料をかけるなんて、節約が習い性となっているナツにはあり得ず、合理精神に反するが、ふだんの自分なら絶対求めないだけに、特別な日にふさわしいといえる。

ページに記されている申込方法をスマホで撮ろうとすると、電話の着信音がし、発信者にカズヨと表示された。

思わず眉をひそめる。カズヨには「電話は急ぎのときだけにして下さい」と言ってある。フィギュアスケートの競技シーズン中、試合のたびに電話してきて推しの選手についてえんえんと語るのに辟易《へきえき》したのだ。

電話を断ってから初めてかかってきたときはさんざんだった。カズヨの家でワケありの男性が倒れ、ナツが持っている緊急通報用のペンダントを貸してほしいと言ってきた。ペンダントは壁のパネルと連動していて、自宅以外では使えない。その後カズヨもペンダント付き通報システムを自宅に設置したから、今回は緊急ではないだろうけど、いい話の気がしないと身構える。

「もしもし」

警戒心が声に出た。そうでなくてもナツの地声は低い。

「あの、ちょっとご相談があるんだけど。この前のベンチに来ていただけない？」

感情がすぐ態度に表れるカズヨは、頼み事のときはおそろしく優しげな声になり、そのわかりやすさは聞いているナツが恥ずかしくなるほどだ。

「それって急ぎ？　急ぎの用ならこのまま話せば」

「電話じゃちょっと、現物を見せたいし。悪い話じゃないから。お願い、お待ちしてるわ」

電話は切れ、ナツは溜め息をついて中綿コートをはおった。「この前のベンチ」はたぶん、先日ごみ出しで会った後に話したときの、マンションの敷地の外れにある公開空地のベンチのことだろう。正月明けから始めたベリーダンスに二か月余りいちども休まず通っていると得意気だった。エレベーターを降り集合玄関を出るや、風がコートの裾をあおる。

公開空地の見える距離に来ると、カズヨが立ち上がって、両手を胸の前で振った。いつものジャンパースカートに手編みふうのカーディガンだ。思わせぶりなもの言い、可愛げあるしぐさや服の趣味をしていて、色気と少女趣味の混じったところが、カズヨにどうも親しみを感じられない理由である。同世代といっても、ナツより少し年上の七十過ぎだ。ふんわりとパーマのかかった茶髪が風で吹き払われると地肌があらわになり、その髪のボリュームのなさは、さすがに年を表している。メイクはいつもより濃いようだ。

「よかった、来てくれて。まあ、座って。この雑誌ご存じ？　日本でいちばん売れてる婦人雑誌なのよ」

ベンチでカズヨが見せてきたのは『トキメク』だった。図書館にも置いてあるから知っている。『ミセス倶楽部』と同じく年齢が高めの人向けだが、造りから扱うものからかなり異なる。週刊誌のような紙質で、特集は「今さら聞けないスマホの使い方」「お得なポイ活」など。モデルのまとう服も『ミセス倶楽部』とは価格がひと桁、ものによってはふた桁違い、頑張ればナツにも買えそうだ。カズヨの言うように「日本でいちばん売れてる」かどうかは知らないけれど、貸し出しは断トツに多い。記事を切り取られてしまう事故も断トツに多く、そのため入念に点検するので、ナツは詳しいのだ。

「この雑誌にモデルデビューしない？　私といっしょに」

「は？」

ナツは思わず声を張り上げ、通りかかった宅配便の人が吃驚《びっくり》して振り返った。

カズヨが言うには、誌面に登場するモデルにはプロのほかに、誌面での募集に応じた読者モデルがいる。募集する記事をナツも目にしたことがある気がする。選考の結果数名が「トキメイト」として登録される。カズヨも選考を通って登録された。ただし登録されたからといって誌面に載るとは限らない。年に一回募集があり、登録の期限のようなものは定められていないので何十人もキープされており、合いそうな撮影があったら声がかかるという。

「私はいちどデビューしかけたのよ。でも未達。載ったは載ったけど顔は出なかった」

持ってきたのは未達の号で、該当のページを開いてみせる。帽子のリメイクの特集だ。

――手作り好きさんが提案する簡単リメイク　トキメイト　谷カズヨさん（69歳）

美術学校出身のカズヨさんは、若い頃に培ったスキルとアートのセンスで今も手作りを楽しむ日々です。なんてことのないベレー帽も、カズヨさんの手にかかれば、世界にひとつしかない逸品に。とてもすてきな仕上がりですが、材料は身近なものばかり、そしてとても簡単にできるといいます……。

見出しに名前はあるけれど、載っている写真は、百均ショップに売っていそうな造花や羽根飾りを縫いつけた帽子とか、縫いつけ部の拡大とか、針と糸を持つ手もとなどで、かろうじてカズヨとわかるのはかぶったところを斜め上から撮った写真で、帽子の下に覗く顎くらいだ。

「ひどいでしょ。発売前に私さんざん言いふらしたのよ、友だちにも彼氏にも……」

ナツと目が合い言葉を切る。男が部屋で倒れてナツを巻き込む騒動になったのは、昨年十二月のこと。(69歳) のときのカズヨが付き合っていたのは、その人のことかどうか。

「で、今度体型別着こなし特集があるの。五月発売の六月号」

体型の異なる二人がコンビで登場し、お互いの服の悩みをざっくばらんに語り合って、プロが提案するお悩みカバーの服を着て写真を撮るという。

「友だちか姉妹か、体型が対照的な誰か連れてこられる人いませんかって、トキメイトに声がかかってるのよ」

「コンビ？」

改めてカズヨの体形を見て、自分と比べる。二人とも痩《や》せてはいないが、カズヨはしいていえば西洋の絵画の婦人像のような肥満体で、ナツは堅太りだ。身長は、ナツは同世代の中では高く、カズヨが何センチかは知らないが、頭頂部の髪の薄さをナツが見ているということは十センチは下だろう。「ぽっちゃりさんとがっしりさん」という見出しが浮かび、ナツは慌てて首を振った。

「モデルとか興味ないし、トキメイトに応募する気なんて全然ないから」

「応募しなくていいの。私の友だちってことで」

「トキメイトどうしでコンビを組めばいいんじゃないの？　そういうときのために十何人だか何十人だかキープしてあるんでしょ」

「でも、ほら、体形の話って微妙じゃない」

編集部に聞かされたところでは、前に同様の特集で、トキメイトの中で組んだところ、ざっくばらんどころか険悪になり表情がこわばって、いい写真が撮れなかったという。

「私たちだって気心が知れているわけでは……。ご近所っていうだけで、友だちでもないし」

「呼び方なんてどうとでもなるわよ……ねっ、お願い！」

正面へ向き直り、ナツの手を握る。

「リベンジのチャンスなの。今度は必ず顔が出るの。前の似た特集の号で確認したの。めったにないチャンスなのよ」

見上げる目がみるみる潤み、気圧されて後ろへ反りながら、どうしてこうタイミングよく涙を出せるものかとナツは呆れた。

「迷惑はかけない。用意してもらった服を着てニコッとするだけ。メイクだって向こうがしてくれる。プロにメイクしてもらって写真撮るなんて、結婚式でもない限りそうそうないでしょ。一生の記念と思って」

一生の記念という言葉に心が動いた。結婚式の機会がなかったナツは、プロにメイクしてもらった経験はなく、この先もないだろう。だいたい写真そのものを久しく撮っていない。ひとり暮らしで付き合いも悪いとなると、写真を撮る機会が本当にないのだ。

プロのメイクで、もしもまあまあに撮れたなら、葬式用にもらえないか頼んでみようか。ニュース番組に出てきた終活中の人は、遺影をわざわざ写真館へ撮りにいっていた。それと同じことがお金を払わずできるのでは。そこまで考え、猜疑心《さいぎしん》がふと差し挟まった。

「お金をとられるんじゃないでしょうね」

シニアモデルへの勧誘を装う詐欺もあると聞く。

「まさか」

カズヨは大笑いして首を振った。

「逆よ、逆。モデル代がもらえるのよ。帽子のときは三千円だったかな、交通費込みで。今度は顔出しだから五千円もあり得るかも」

五千円！　ナツは息を呑んだ。年金生活のナツに五千円は大きい。しかも今の図書館のアルバイトのような、返却本を運んで立ったり座ったりして棚へ戻すといった肉体労働なしに、メイクしてもらってニコッとするだけで五千円なら、いい話ではないか。

「仕方ないか。それほどの頼みだったら引き受ける」

気乗りしないふうを装ったのは、五千円につられたと思われたくないプライドだ。

「やったー！」と叫んで手を叩くカズヨの、ひとつひとつのリアクションの大きさや、表情の変化のめまぐるしさにナツは早くも疲れをおぼえた。

「じゃ、まずツーショを撮ろう。こういうコンビが組めますっていう写真が要るの」

ジャンパースカートのポケットからスマホを取り出す。

「え、今？」

眉も描いていない。服もユニクロの中綿コートにワークマンのカーゴパンツだ。

「急ぎで探してるみたい。写真を送ってオーケーになったら割とすぐ撮影だと思うから、そのつもりでいて」

「自分だけメイクしてきて卑怯」

「いいっていいって、体形の違いさえわかれば」

促されて立ち、言い合いながら顔を寄せて、カズヨがめいっぱい腕を伸ばす。画面に映る自分に、ナツはギョッとした。顔はむくんで四角に近く、短めの髪が後ろからの風にあおられ、まるで憤怒の像である。

「んー、全身じゃないとわかりにくいか。その木の前辺りに立って。面倒だけどあれを使おう」

スマホスタンドをポケットから取り出し、ベンチに立て、角度を調節する。タイマーの数字が表示され「十、九、八……」つぶやきながら小走りしたところで「ああー」。スタンドが風で倒れる。カズヨが調節し直す間、ナツは急いで髪を撫でつけ、再び並んだところでまたも「ああー」。さっきより強い風が吹き、足元へ空のドリンクカップが転がってきた。

「無理よ、どっか中でないと。エレベーターホールがいいんじゃない」

二人してマンションへ戻ってきて、

「私いったん上がる。目にごみが」

ナツが言うと「私も上がる。急にトイレ行きたくなった」。今さらながら風の冷たさを感じたようにカズヨは身震いした。エレベーターをナツについて降りて「悪いけど貸して」、ドアを開けるやナツを押しのけ、一目散に駆け込んだ。

図々しさに驚くが、好都合でもある。カズヨの気配がトイレにある間、隣の洗面所で落ち着いて眉を描き、髪を梳《と》かす。

洗面所を出ると、同時にトイレを出たカズヨが、

「あっ、おしゃれ」

その視線はナツではなくキッチンに向いている。

「すてきじゃない。自分で貼ったの？」

キッチンの壁はエメラルドグリーンのタイル貼りだ。他でもないタイルに目を留めたことに、ナツは気をよくした。貼ったのは業者だが、選んだのはナツである。そう答えると、

「よくあったね、こんな発色なかなかないでしょ。輸入タイル？」

近づいてしげしげと眺める。「発色」なんて言葉が出るあたり、なるほど『トキメ

ク』のモデルデビュー未達の号に「美術学校出身」とあったとおりだなと、ナツはカズヨを少々見直した。

エメラルドグリーンのタイルは、家の中でナツがいちばん凝ったところだ。マンションを中古で買ったときキッチンの配管を修理しないといけないとわかり、どうせ壁を剝がすのなら、好きなタイルに貼り替えようと考えた。居場所の確保を最優先に家を購入したナツが、唯一、趣味を形にしたところといえる。

イメージのもとは、料理の本の写真で見た、外国の店の写真である。街角のカフェでカウンター奥に貼られていたタイルのエメラルドグリーンに心を奪われた。日本のキッチンの壁はたいてい白かグレーだから、余計印象に残った。外の光がカウンターの奥まで差し、タイル表面のガラス質に当たっている。きれいな海のように透明感があり、吸い込まれるようなエメラルドグリーン。ナツがこれから住もうとしている家のキッチンにも小窓がある。

それから東京のタイル専門店を何軒訪ね歩いたことだろう。調べておいた閉店時間に間に合うかどうか、やきもきしながら区役所前の停留所でバスを待っていた夕方が懐かしい。昼間の光でも確かめないとと、休日に改めて出かけることもした。そうして選んだスペイン製のタイルは、店にある分では足りないことがわかり、ひと月後に船便で届くと聞いて工事を遅らせたほど、他に替えられないものとなっていた。

工事が済んでようやく入居した最初の休日、窓からの日が当たるタイルを目にしたとき、待ったかいがあったと心から思えた。ガラス質のエメラルドグリーンの光がたゆたって、晴れた日の波の下にいるようだ。明るくて包容力のあるその色は、働く間ナツを癒してくれ、退職後も心を満たし続けてくれている。ひとり身だからやがてはこの家を離れて、介護を受けられる施設に移りたいと思うけれど、愛着あるタイルと別れることには、胸の痛みをおぼえそうなくらいだ。

「タイルだけでこんなに違うのか。私も変えようかな。うちなんて入居したときのまんまのグレー」

カズヨはいたく気に入ったようである。服の趣味や推しのフィギュアスケーターからして、好みに共通点があるとはとても思えないのに意外だ。他人の入ることのまずないキッチンだが、カズヨがいることをたちまち許せた。

「そうだ、このタイルをバックに写真撮ろう」

カズヨが突然言い出す。

「エレベーターホールより絶対いいよ。あっちは殺風景だし、人が来て落ち着かないし」

嫌ではない。見せる価値のあるタイルだとも思う。

「でも全身は無理じゃない？　狭すぎて」

「そっち側へ立つのよ。キッチンを背に」

リビングダイニングへ出て、カウンターの前に立つ。スマホはダイニングテーブルにセットする。

「あー、テーブルが入る。もうちょっと後ろでないと。そっち持って」

ダイニングテーブルを二人で持ち上げ、窓際の方へずらし、端にスマホを立てる。

「いい感じ！　タイルも全身も入ってる。じゃ、行くよ。十、九、八……」

近づいてきたカズヨの肩が軽くぶつかった瞬間、小さなシャッター音がリビングダイニングに響いた。

モデルへの誘いを受けたその日から、ＬＩＮＥの通知音が、ナツの日常に加わった。

タイルをバックに写真を撮ったとき、画像を確認しながらカズヨの言うには、この「ツーショ」に二人のプロフィール的なものをつけて『トキメク』編集部に送る。服と靴のサイズも要るとのことで、訊かれるままに答えた。採用が決まったら、カズヨがＬＩＮＥで知らせるという。電話を嫌うナツのカズヨとの連絡手段はショートメールだったが、それだと少額とはいえ、お金がかかるからＬＩＮＥにしてくれとカズヨに言われた。ＬＩＮＥを使っていないナツは、インストールからはじめないといけない。その場でカズヨの指示を仰ぎ仰ぎ、設定する。

「人のマークがあるでしょ。それで友だち追加するの」

「友だち追加？」

「ＬＩＮＥ上の呼び方よ。私のスマホに、こうかざして」

マルの中に睫《まつげ》の濃いフランス人形の顔が出る。

「これ私のアイコン。試しに送るね」

メールの通知音とは違う、聞き慣れない音がした。

以来、スマホを手に取ることが多い。友だちにした覚えのない人の名前とともに「知り合いかも？」と来ては驚き、少しがっかりしてスマホを置く。

ある日、昼食後の片づけをしているとスマホが鳴った。フランス人形のアイコンである。［祝!!　モデルデビュー決定！　やったね］。撮影の案内が画像で貼り付けられている。［四月十日　十三時本社三階　トキメク編集部集合　ヘアメイク　着替え移動。十四時　白金《しろかね》「シェ・タチハラ」にて撮影。移動。十五時　編集部にて着替えインタビュー終了」。

ナツはただちに電話する。電話は遠慮してくれと前に言ったことは、このときナツの頭になかった。

「ちょっと、四月十日ってすぐじゃない。本社ってどこ、シェなんたらって何よ」

「そんな焦りまくっていちどに訊かないでよ。急ぎで探してるみたいって前もって言っておいたでしょ。本社は飯田橋《いいだばし》。いっしょに行くからだいじょうぶ。シェ・タチハラはカフェレストラン。定休日に時間貸しで撮影に使わせてもらうの。帽子のときもそうだった」

先輩風を吹かせてカズヨは悠揚と答えた。

「そんなこと言って。何着てけばいいのよ」

「何だっていいのよ。撮影用の服は向こうで用意するんだから」

「だからってユニクロで行くわけにもいかないでしょ。急すぎるのよ。美容院へ行く暇もないし」

「ヘアメイクがうまいことやってくれるからだいじょうぶだって」。受話口の向こうでくすっと笑って「意外と見栄っ張りなのね」

「状況はわかりました。じゃ、当日」

ナツはつっけんどんに言って電話を切った。

洗面所へ行き、鏡を見る。髪はヘアメイクに任せるとして、顔のたるみが深刻だ。エステに行くべきか。新規開店のサービス券が何日か前ポストに入っていた。しかしサービス価格とはいえ、三千円だか五千円だかいうモデル代と差し引きすれば持ち出しのはずで、何のために引き受けたかわからなくなる。そこへ来て、モデルデビューに期待し、のみならずよく写りたいと願っていることに気づき、「自分らしい」とナツが思う堂々とした態度でその日を待とうと考えた。それでもやはり少しはマシに写りたく、寝る前に顔のあちこちを揉《も》み、マッサージのまねごとをした。

当日、どんな格好で来るかと待ち構えたカズヨはデニムのジャンパースカートに、ビーズやらスパンコールやらのブローチをたくさん着けていた。

「今、手作りアクセサリーに凝っているの。『トキメク』で特集しないかな。帽子リメイクより、やりたい人多いと思うけど」

「凝っているって、ベリーダンスはどうしたの」

三月半ばに例のベンチで話したときベリーダンスにハマっていると、カズヨは言っていた。

「順調よ。そのうち発表会をしようかってサークルの仲間と話しているの。そうだぞれもインタビューでぜひ言おう。趣味を楽しむ生き方を『トキメク』は応援してるのよ」

そんなうたい文句が表紙かどこかに書いてあった気がする。

「そのインタビューって何よ」

「だいじょうぶだって。訊かれたことに答えればいいの。私もフォローするから」

今日一日先輩風を吹かせられることについては我慢しようとナツは思った。

飯田橋の駅からスマホのナビを睨みつつ歩くカズヨにつき従い、受付もカズヨに任せ、三階でエレベーターを降りると、紺のブラウススーツの女性が愛想よく迎えた。

「カズヨさん、お久しぶり！　こちらがナツさん？　トキメクの鈴木《すずき》です。今日はよろしく！」

差し出された名刺には「ウェルネスライフサポート事業部　第二ユニット　シニアコンテンツ制作部　トキメクチーム　エディトリアルスタッフ」とやたらカタカナの多い肩書きが並んでいた。つや出しした茶色いセミロングヘアが若々しいが、笑顔を作るたび頬に何本も皺が入って、ナツと十は変わらないと思われる。年上でかつ初対面の相手にも親しげな口をきくところは、いかにも人馴れたようすである。

「高山田《たかやまだ》ナツです。よろしくお願いします」

「高山田さんてめずらしいお名前ね！」

おおげさな反応に、ナツが言葉を返せずにいると、カズヨが鈴木に負けないくらいの愛想のよさで代わりに言う。

「そうでしょう！　ありそうで、ないですよね。高山か山田か高田でいいんじゃないって、私いつもからかってるんです」

初耳である。

「仲がよくていらっしゃるのね！　さ、どうぞ。メイクの準備はできてるの」

通されたのは会議室のような部屋で、机を壁にくっつけて鏡を立てかけ、机の上にメイク道具を広げたところが二箇所あり、黒っぽい服の若い二人がこちらを振り向く。鏡の前の椅子に案内され、隣どうしに並んでメイクするようだ。

移動式ラックが後ろに来ていて、かかっている服はすべて白シャツとデニムである。鈴木ともうひとりの女性がナツとカズヨを見ながら話し合ったあと、こちらを向いた。

「ご紹介が遅れました、こちら着こなし提案をしてくれるスタイリストさんです」

スタイリストという職業の人にナツは生まれて初めて会った。

鈴木とスタイリストがヘアメイクの二人に指示して去る。

「服に合わせてナチュラルにと言われましたが、他に何かご希望はありますか」

ナツを担当する女性がおずおずと聞き、そういえば自分は初対面の印象が怖いと、人に言われたのを思い出す。

「いえ、特に」

「ではじめさせていただきます」

ヘアメイクは小さな声で言うと、いきなりナツの顔に太い筆で白い線を四本、勢いよく入れた。おとなしげなようすから想像できない大胆さだ。次いで分厚いスポンジで叩くように頬を押していく。白い線は目の下の隈とほうれい線の影を隠すためで、今それをなじませているのだとナツはわかった。均一の肌色に塗れたら、今度はチークカラーを大胆に赤く入れる。

いったん離れ、ナツとともに鏡を見つめる。美容院と違って雑誌もなく、正面から自分の顔と向き合う極《き》まり悪さに目を閉じると、

「開いていて下さい！」

鋭い声が飛ぶ。ナツの目の上の何か所かにペンシルを当て、眉の位置決めをしているらしい。

「これ新色でしょ。いい色。買おうかな」

隣のカズヨは極まり悪そうどころか浮き浮きした様子で、

「今ならどこでも売ってますし、お似合いです」

ヘアメイクにお世辞を言われている。

「上を見て下さい！」

またヘアメイクに強く言われ、顎を上げると、

「そうじゃなくて、顎は引いたまま、視線だけ上に下さい」

白眼をむくようにすると、下まぶたの縁を濡れたペン先がなぞった。アイラインを目の下まで引いた効果はすさまじく、舞台に立つ人のようである。

「ビューラーとマスカラは自分でお願いします」

ヘアメイクは髪にドライヤーをあてはじめた。ビューラーで挟んでいる間も、頭ごと持っていかれそうなほど強くブラシで引っ張るので、睫が抜けやしないか気が気でない。

出来上がった髪は、中途半端に残っていたパーマが伸ばされ、前髪はひさしのように張り出している。元宝塚の男役で『トキメク』に健康器具の広告がよく載る人に、この系統の顔の人がいるなと思った。

メイクが済むや鈴木とスタイリストが入ってきて、

「きれいきれい。じゃ早速着替えて移動しましょう。急がせてごめんなさいね、少し時間が押してるの」

「こちらのかたはこのシャツを……まだ着ない！　この紙を顔に当てて」

ブランドから借りてきているのでファンデーションがつくと買い取らないといけなくなるのだという。

一階からバンに乗り込んだ後も、注意事項の多さに辟易した。

「深く腰かけないで！　皺になる」

「ごめんなさいね。お店では着替える場所がないもんだから。個室の席のひと部屋しか借りていなくて。なにぶん経費節減で……」

「髪はさわらないで下さい！　崩れます」

そんなふうに、叱られたりなだめられたりするうちに到着した。

バンを降りて店に入るまでの数歩、白金という土地をナツは初めて踏んだ。並木道に緑が揺れ、プードルを連れたサングラスの女性がいて、おしゃれな看板やテーブル席が店の前に並び、まさしくナツが料理本の中で出合った、エメラルドグリーンのタイルが印象的なカフェのある街角のようだ。

シェ・タチハラは二階建てのカフェだった。玄関を入ると床は大理石で、アイアンの手すりのついた螺旋《らせん》階段が中央にあり、上は吹き抜けになっているらしく、燦々《さんさん》と日が差している。すぐ右がカウンター席で、カウンターの向こうの柄物のタイルに目を留めていると、

「こっちこっち」

左からカズヨが呼ぶ。

左奥が個室の席で、漆喰《しっくい》のような白い壁に向けて、三脚がすでに立てられ、カメラマンが待機していた。

「よろしく。じゃあ早速ですが、その、床に貼ってあるテープのところへ……」

「ちょっと待って。靴を」

スタイリストが靴を差し出し、履き替える。

「爪先をテープに合わせて。試しに撮ります」

ストロボが焚かれる。

「んー、仁王立ちだとちょっと怖いな。体を斜めに振りましょう。逆、逆。二人、半分向き合う感じで。あっ、向き合いすぎ。戻して。立ち位置がずれた。爪先はテープのまま」

カメラマンが指示を繰り出す。

「右の人、ちょっと左肩を引く。あっ、右肩までついていかない。背中が丸くなった。左の肩だけ後ろへ回して、右肩は反対側へぐっと引いて、胸を反らせて、顔は左へ」

動かすうち右左がわからなくなる。

「そこっ！　体はそこで止める。で、そのまま顔だけもうちょっと見合わせるようにしてニコッと。あっ、また目を閉じちゃった。右の人、まだ怖いです。もっと笑顔で、もっともっとニコーッと」

頰の筋肉が痛くなるほど盛り上げながら、額を汗がつたっていく。カズヨの頭頂部の地肌にも汗の玉がびっしりとついている。ストロボの熱はむろん、シャッター音のもたらす昂ぶりのためもある。デジタル時代の賜物か、ワンシーンのためこんなに何回もあり得ないと思うほど、惜しげなくシャッターが切られていく。

「入ります」

ヘアメイクがカメラの下をくぐって近づき、ナツの額をティッシュで押さえる。目尻にスポンジを当てるのは、ファンデーションのひび割れを埋めるために違いない。スタイリストも来てシャツの裾を引っ張る。ナツのシャツはチュニック丈で、その裾を広げているようだ。二人が働く間、ナツとカズヨは微動だにしない。

「続き、行きます。二人とも胸を張って。背中が丸くなってきてますよ。疲れましたか、疲れますよね。もうちょっとだから頑張って。んー、肘がどうしても下がるな。椅子椅子」

アイアンの背もたれつきの椅子が、ナツとカズヨの間に運び込まれる。

「椅子の背に軽くふれて。そう、おしゃれなカフェでこれから女子会の始まりですって、楽しみでたまらない感じでニコーッと。瞬きはがまんー。そうそう。ラストです、頑張って思いっ切り笑顔でニコーーーッと」

最後の力を振り絞って口角を上げると、めまいに近いものを覚え、家に置いてきた緊急通報用のペンダントが頭をかすめた。

鈴木が終了を告げるや、スタイリストが靴を回収し、カメラマンたちはそのままに慌ただしくバンに乗り込む。

「今日もぎりぎり」

「あの店うるさいのよ。ちょっとでも過ぎると追加料金がどうとか言ってくるの」

移動中、鈴木とスタイリストがぼやいている。

「あのう、後片付けとかだいじょうぶなんですか。まだいろいろ残ってましたけど」

カズヨが心配そうに訊くと、カメラマンと助手も社員だし、編集部からもひとり付けてあるという。撮影はあまりにもめまぐるしくて何が何やら皆目わからず、ナツの瞼の残像は、カズヨの頭頂部の地肌にびっしりと並んでいた汗の玉と、入ってすぐのカウンターにあった柄物タイルくらいだ。あのタイルはもっとよく見たかった。元の会議室で紙をかぶって、剝ぎ取られるように服を脱ぎ、ポロシャツとチノパンに戻ったところで、ヘアメイクが訊いてくる。

「メイクは落として帰られますか」

終活用の写真云々《うんぬん》とカメラマンに相談するのを忘れていた。

この後写真館に寄るには消耗しすぎ、「落とします」と力なく答える。

汗で相当崩れてもいる。拭き取り用のクリームをもらって塗っていると、

「ツーショ撮ればよかった、記念に」

カズヨが残念そうにした。

「ま、いいか。六月号に写真が載るんだし」

カズヨはこのまま帰るという。

「向こうでコーヒーいかが。甘いものでもとりながらお話ししましょう」

鈴木の導きで、事務室の入口近くにある応接スペースへ移る。紙コップのコーヒーをひと口飲み、金色の小箱で出されたひと粒チョコを舌の上に溶かして、ナツは深々

と息をついた。美味しい。コーヒーはたいしたことないが、チョコレートがいかにも上質で、甘さとカカオのほろ苦さが、疲れた体にしみわたる。『ミセス倶楽部』でお取り寄せを頼んである生チョコも、このような品格あるものに違いない。

目の前にあるのは、生ではなくコーティングを施したチョコレートで、箱の中にも金色のつや紙の仕切りがあり、異なる仕上げの九粒が、それぞれに工芸品のような輝きを放っている。今食べたのはたぶんカシス。練り込まれた果実の酸っぱさと、カシスリキュールらしい芳醇な香りが、心を満たす。今日のナッツは少し酸味のあるチョコにひかれる。例えばあの、端っこにあるオレンジピールの載ったもの。

「で、どうでした？　解決したかしら」

鈴木の質問でわれに返る。インタビューとやらがまだあった。答えに窮する。考えてみれば、服を着た後は一秒も鏡を見なかった。

「事前にいただいたお悩みは、長身とがっしりした体格と……」

手もとで参照しているのは、カズヨが写真とともに送った資料のようである。

「そういう人の着こなしはね」

スタイリストが割って入る。

「鈴木さんが記事を書くの？」

「ええ、ライターさんはお願いしなかったのよ。なにぶん経費節減で……」

自分たちを撮影することでモデル代も節減できるのだろうなと、高揚感にちらと影の差すナツに気づかないように、スタイリストはチョコをひと粒頬張ってから、得々と説明する。

背の高い悩みには、見る人の視線が縦方向に行かないようにする。それには横の線を入れる。チュニックの裾のラインで縦の視線を一回切って、チュニックにベルトをしてもう一回切る。今日のチュニックはがっしりのお悩みへの対応でもある。裾が広がるものを選んで、ベルトの上でもふくらみを作って、ふんわりした形に仕上げる。いかつさが気になる肩には、ラグラン袖を選んで、肩のラインが出ないようにした云々。

「どうりで。いつもと違う優しい印象になって驚きました」

カズヨがナツに代わって答える。いかつい肩が気になるとは、ナツは言った覚えはないが、カズヨが作文したようだ。

カズヨの背の低いお悩みには、見る人の視線を上へ持っていく。シャツは短いブラウス丈で、襟の大きなものにした。

「なるほど。ビッグカラーは余計ぽっちゃり見えそうで、つい敬遠してしまうけど、教わってよかった。お出かけが楽しくなりそうです」

カズヨの感想にスタイリストは満足げにうなずいて、

「そう。同じ白シャツとデニムでも、形によって全然違うの」

スタイリストはもうひと粒口に放り込んで去った。

「ええっと、着こなしのポイントは今のでまとめて、着てみた感想もお二人からいただいたから、後はプロフィール的なことを確認するわね」

鈴木が再び資料に目を落とす。

「谷カズヨさん、七十一歳。高山田ナツさん、六十八歳。発売日の五月二十日に変わるなら言ってね。細かくてごめんなさい。エイジングに前向きな雑誌だから、年齢は正確に書かないといけなくて。で、お二人の関係はご友人」

「正確にはご近所どうしです。同じマンションに住んでいて。階は違いますが」

ナツが答える。

「仲よくなったのは何かきっかけが？」

「趣味が共通だったからです。フィギュアスケートウォッチ……」

「あ、それは書かないで。もう卒業した趣味だから」

カズヨが話し始めたのを、慌てて制す。

「今の趣味は手作りアクセサリー。そうだ、鈴木さん、今日私がしているブローチ、みんな自分で作ったんです！　あとベリーダンスもやっています。そのうち発表会をしようかって仲間と話しているんです。それはナツさんとは別の友だちなんですけど」

「ナツさんとは、フィギュアスケートウォッチの他に何か共通するものは？」

「ペンダントが同じです」

ナツが回答したのへ、

「それ、いい！」

鈴木はうなずき、メモをとる。

「お揃いのアクセサリーを持っているなんて、すてきなお話じゃない。どんなペンダントかしら。今日はしていないの？」

「自宅以外では使えないので。そもそもが壁のパネルと連動……」

「いえ、その、よそに着けていけるほどおしゃれなものじゃないっていうことで」

カズヨが話を引き取り、ナツを睨んだ。

「ええと、カズヨさんの趣味はいろいろうかがったから……ナツさんの好きなことは？」

「食べ……料理です」

「んー、ちょっとありがちかしら。好きな言葉とかってあります？」

「公明正大です」

プフッと誰かが後ろで吹き出した。

「お堅いのね。まるで就職の面接みたい」

その誰かの手がナツの背中の方から伸びてきて、ナツの肩を擦《かす》り、金色の箱へ突っ込んだ。プラチナのリングを重ね着けし、グレーのマニキュアを塗った指がつまみ取ったのは、二粒目が許されるのだったら次はあれだと、インタビューの切れ目を狙っていた、オレンジピールのチョコレートだった。

「エミさん、帰るところ？」

鈴木がひときわ愛想のよい声を出す。エミと呼ばれた女性は、輝くばかりのグレイヘアのボブカットで、顔は大きなサングラスで隠れていた。

「エミさんに使ってみてほしいってメーカーさんが持ってきたジューサーがあるの。野菜の酵素を生かす低速なんたらって言って。お車だったら……」

「企業やファンの人からの贈り物はまとめて配送して下さいって言ってあるでしょ」

「たまたま今日マカロンも届いたものだから。パティスリー・ホシノのマカロン。自然素材で日持ちがしないとか」

「要らない。自然素材をうたってるけど、色がねえ、毒々しくて。私、あんまり体に悪そうなもの入れたくないの。欲しい人で食べてよ」

「あ、待って。明後日の撮影のことで……」

ごめんなさいね、が口癖の鈴木がナツたちに断るのも忘れ、エレベーターホールへ追いかけていく。

「……欲がないわね。ホシノのマカロンなんて軽井沢《かるいざわ》本店でもなかなか買えないっていうのに」

カズヨが感心したような溜め息をつく。

「何、あの人。すごく態度が大きいけど」

「しっ。さっきから空気読まなすぎ。いちいち正確に言わなくても、友だちとか当たり障りなく答えときゃいいでしょ。緊急通報システムの説明までし出して。ファッションのページで、そんなの誰が読みたいのよ。知らない？　あの人。松岡《まつおか》エミさん。トキメイトの中でも別格のモデルで、すっごいインフルエンサーなんだから」

「インフルエンザ!?」

エミの手が擦った肩を思わず払う。

「何言ってるのよ。インフルエンサー。SNSとかで影響力を持ってる人のこと。この号にも載ってるはずよ」

応接テーブルに置いてある最新号を取って開く。カズヨの示したページではサングラスを外したあの人が笑顔でテーブルセッティングをしている。大きな目のゴージャスな顔立ちだが、鼻は丸くて親しみを持たれそう。大理石のテーブルに白のナプキンと皿が並んで、シャンパングラスを置こうとしている。シェ・タチハラに似ているが、写真下の文章によればエミの自宅だそうで、ホームパーティーの特集だ。

――ホームパーティーの達人に教わる、初めてのおもてなし　トキメイト　松岡エミさん（64歳）

おしゃれなお店の立ち並ぶ白金は、通りから一歩入れば閑静な住宅街。某国大使館にほど近い瀟洒《しょうしゃ》な一軒家がエミさんのお住まいです。実業家のパートナーは交友関係が広く、家でおもてなしをすることがしばしば。駐在員夫人だった頃に鍛えた腕で料理はプロ級のエミさんですが、意外にもケータリング派だといいます。「ホストがキッチンにこもりっぱなしでは、ゲストもくつろげませんから。後片付けも楽ですし」。気取りなく笑うエミさん。まずはランチパーティーから始めてみてはとすすめます。晴れた日ならお庭でサンドイッチをふるまうだけで、ゲストは大満足とのこと。頑張りすぎないおもてなしが、エミさん流ホームパーティーの秘訣《ひけつ》です……。

「素敵でしょう。こんないいおうちに住みながら飾らないライフスタイルに、自然体のグレイヘア」

しげしげとカズヨを見る。これを「飾らない」と言えるなんてよほどの鈍感かお人好しだとナツは思った。自分ならエミは友だち付き合いもご近所付き合いもしたくないタイプである。閑静な住宅街の庭でホームパーティーなんて迷惑もはなはだしい。

「トキメクにしては家も旦那もゴージャス過ぎない？」

「雑誌だもの。夢だって必要でしょ。憧れる人がいっぱいいて、編集部にファンレターや贈り物が届くんだって。エミさんがインスタに上げると服や化粧品はもちろん、キッチンたわしみたいな日用品まで売れるから、いろんな企業から試供品も来るの」

「それって贈収賄にならないの？」

「出た、公務員気質」

今度はカズヨがプフッと吹き出す。

「お役所じゃあるまいし。一般人のインスタでそんなの聞いたことないわ」

次いで少し声をひそめ「贈り物のほとんどはフリマサイトで売るらしいよ。新品未使用だから結構いい値がつくんだって。でもそれも役得だと思うのよ。トキメイトも極めると、そこまで行けるって話。モチベーションになるじゃない」

鈴木が戻り、口をつぐむ。

「ごめんなさいね、中座してしまって。ええと、インタビューの方はだいじょうぶ」

掲載号の送付先や謝礼の振込先を確認し、

「チョコ、まだあるわね、お持ちになる？　よかったらマカロンも」

「はいっ」

「いえ」

正反対の答えを同時にしていた。ホシノの紙袋をカズヨはうれしそうに受け取っている。

金色の箱をナツは見つめる。抹茶チョコレートとケシの実を載せたチョコレートが残っている。抹茶もケシもナツは要らない。欲しかったのは、プラチナのリングとグレーのマニキュアをした指が目の前でつまみ取っていったひと粒だけだ。

五月二十日は暑くなった。午前中からぐんぐんと気温が上がり、各地で夏日となっていることをテレビのニュースが伝えている。エメラルドグリーンのタイルの前で水栓を締めたナツは、緊急通報用の黄色いペンダントを首から外して財布を持つ。

昼前に集合玄関の郵便受けを見にいったときは、来ていなかった。今回もまだだったら、降りついでに近くのコンビニへ行こう。店にはもう並んでいるかもしれない。二冊になってしまうが早く見たい気持ちがまさる。一冊はめくらずに保存用としてもいいのだし。

郵便受けを覗くとチラシ類に交じって『トキメク』の文字の印刷された大判の封筒があった。来た！　心の中で叫んで『トキメク』の文字を隠すように胸に抱き、エレベーターに乗る。ナツひとりでドアが閉まるや、指で破いて封を切った。上がりはじめないのに気づいて、階数ボタンを押して、中を取り出して表紙を見る。特集のひとつとして「体型別着こなし術」が載っている。

開くと特集の最初の頁は見出しだけだ。体形が気になる夏を前に「お悩み解決着こなし術　定番の白シャツ×デニムのコーデでこんなに変わる！」

そこまで確認して三階に着き、続きは中へ入ってからダイニングテーブルに鍵と財布を放り出して、熟読した。

めくった右頁に写真が出た。

――形を選んですっきり、ふんわり　「お出かけが楽しくなりそう」トキメイト谷カズヨさん（71歳）、「印象が変わって驚きです」ご友人　高山田ナツさん（68歳）。

椅子に手を添えたポーズの写真が採用されている。

いちばんに見るのは顔だ。最後の力を振り絞っただけあって、笑顔にはなっている。メイクのおかげで目や眉、口ははっきりしてりりしく、男顔ではあるけれど不美人の範疇には入るまい。が、いかんせん、たるみは隠せず、笑い皺も相当だ。頬が引き攣り泣き顔っぽくも見えるのは、撮影時の緊張を自分は知っているからか。精いっぱいの笑顔を作っているカズヨも、ぎこちなさは同じである。

「こんなもんかな」

雑誌を置いてつぶやく。楽しみにしていた割りに、肩すかしの感は否めない。プロのメイクで撮影しても、派手になるだけで若くはならず、自分の思う自分から少し離れる。葬式用にもらえないか頼めばよかったという後悔は消えていた。

左頁は文章とスタイリストによる図解である。

——スイーツ好きコンビが語る服のお悩みと解決コーデ　トキメイトのカズヨさんと友人のナツさんはお揃いのペンダントを持つ仲のよさ。スイーツが好きで、おしゃれなカフェで女子会を楽しむことも。そんなお二人が夏に向けて、体形をカバーする着こなしに挑戦しました。
・スタイリストの林《はやし》レイコさん

身長154センチのカズヨさんはぽっちゃりがお悩みだそうです。ビッグカラーで視線を上にひきつけて、背の低さをカバーします。ボトムスはボリュームを抑えてすっきりと。対して168センチのナツさんはがっしりとして、多少いかつく見えるのがお悩みとのこと。膝上丈のチュニックとベルトで、縦のラインをカットして、裾の広がりとベルト上でのブラウジングで、ふんわり優しく仕上げました……。

理にかなってはいる。が、写真に目を戻すと似合っているとは感じられない。写真の下には、チュニック一万九八〇〇円、パンツ四九九〇円なる価格がブランド名と併せて記してある。『ミセス倶楽部』と違って、頑張れば買えそうな額ではあるけど、自分は求めることはなく、着慣れたポロシャツやカーゴパンツでこれからも行くと思われた。

他の頁もめくっていくと、松岡エミが現れた。「混ぜて冷蔵庫に入れるだけ　簡単ひんやりデザート」の特集で、四月号と同じく「白金の某大使館近くにあるお宅」のキッチンで、ガラスボウルを抱えてポーズをとっている。相変わらずゴージャスな笑顔だが「キッチンは割とふつうだな」とナツは軽い優越感を持った。壁はどこにでもありそうな色のタイルで、住宅機器メーカーのショールームに展示されているシステムキッチンを、何も考えずに取り付けた感じだ。

ずいぶんと意地の悪い目で見ている自分に気づき、雑誌を閉じる。オレンジピールのチョコレートをかすめ取っていったことをいまだ根に持っているのだから、「食べ物の恨みは恐ろしい」というヤツだろうか。

ドアチャイムが忙《せわ》しく鳴った。

「私よ、私」

モニター画面でカズヨが『トキメク』と白のレジ袋を掲げている。ドアを開けるや、

「来たわよ、トキメク。これアイスケーキ。今すぐ冷凍庫に入れて」

水滴のついたレジ袋をナツに押しつけ、急かしながら上がる。ダイニングテーブルの上の『トキメク』に目を留め、

「もう見たんだ。早。もしかして買ったの？」

「まさか」

財布と鍵をナツはポケットへしまい込んだ。

「ちょっと創作入ってたわね。スイーツで女子会って話になってた。嘘っぽくはないよ。見る人が見たらシェ・タチハラってわかるから。白金で女子会なんてセレブじゃない」

「白金、白金って妙にもてはやすけど、昔はタヌキが出たんだから」

「それを言うなら、東京じゅうみんなそうじゃない。今だって出るって言うわよ」

八つ当たりぎみのナツの言葉はもっともな反論でいなされた。

ナツは認めざるを得なかった。エミのことが面白くないのは、食べ物の恨みだけではない。妬《ねた》みなのだ。役得、財力のある家族、港区の一等地の住まい、それはすなわち資産でもある。

無職のひとり暮らしの老人となったとき居場所がなくなる事態を避けたいという一心で、ローンを払い続けた。公務員の身分を失っては払えなくなってしまうから、注意に注意を重ねて身を慎んできた。業者の出入りがある部署にいたときは「お歳暮」と熨斗《のし》のついた菓子折を、資料の下に置き去られ、今ここで返さなくてはたいへんと、それを手に慌てて追いかけたこともある。いったんでも受け取ってしまっては、どこからどんな噂が立つかわからない。菓子折ひとつも身分を危うくしかねないのだ。十二月の霙《みぞれ》の降るなかコートも着ずにバス停へ走って、乗る寸前のところをつかまえ、菓子折を持ち帰るよう、白い息を吐きながら懇願した。区役所に戻る道々、胸のネームカードから霙のしずくが滴った。

完済後は気持ちにゆとりができた。節約そのものは苦ではなく、工夫して美味しいものを作るのは楽しくもある。今も不満のない日々を送っているが、自分が一生かかっても手にすることのないものを始めから持っている人を目の前にすると、思いがけないざわつきが、自分の心の、ふだん覗かぬ奥の方から起きてくる。

「で、どう？　雑誌に載った自分は」

カズヨの声が訊く。

「まあ、こんなものかと」

撮影の日カズヨがエミについて語った、嫌みのない、むしろ誇らしげな口調を思い出し、俗っぽい興味をあからさまに示すことも含めて、素直な人だと認めないわけにはいかなかった。それに比べ、自分の顔がどんなふうに写っているか気になりながら、それを隠す自分は、カズヨの指摘どおり「見栄っ張り」なのだった。

暑さの中にも陽は少しだけ傾いてきたようで、キッチンの小窓から斜めの光が壁のタイルに差している。

「持ってきたアイスケーキ、食べない？　モデルデビューのお祝いに。コンビニで今日から売り出した夏の限定商品よ」

雑誌に書いてあった「スイーツで女子会」が本当の話になろうとしている。

「私、ちょっとしたお祝いごとがもうひとつあって。乳がんの治療からこの五月で十年経過した」

ついでのようにカズヨが報告する。

乳がんの経験者はナツの職場にもいた。隣席で、ナツが節約に励んでいた頃弁当についての会話をした人である。片方を切除したそうで「肩が軽くなったはずなのに、左右のバランスが悪くてかえって凝る」と言い、ゴムボールのようなものの付いた肩叩き棒を席に置いていた。通院でいないときは仕事をカバーする関係だから、おのずと話はいろいろ聞く。他のがんは治療後五年間経過観察するが、乳がんは十年間通うそうだ。十年間再発しなかったら完治したとみなされるという。折々に検査を受けるが、受けてから結果が出るまでの間は毎回鬱っぽくなると言っていた。

趣味を楽しむ生き方を応援するという『トキメク』のうたい文句がリアルに感じられてくる。カズヨが帽子リメイクで雑誌に出たときも、推しの選手のため札幌《さっぽろ》までフィギュアスケートの試合を観にいったときも、ベリーダンスにハマっているとポーズを取って見せたときも、完治はまだしていなかった。救急車騒ぎで、部屋に入れる男がいると知ったときは「お盛ん」だと呆れたけれど、闘病中のカズヨの心を支える人であったかもしれない。十年が経過した五月某日はカズヨにとっても不安からの解放記念日なのだ。

見た目ではわからない歴史が、誰にでもある。たぶんあの松岡エミにも。そう思うことにした。

「お祝いしよう。冷たいケーキだと熱い紅茶が合いそう」

キッチンへ立ち、やかんを火にかける。ほどなく音がしはじめて、やかんの口から上る湯気が壁をほのかに湿らせる。

ティーカップと皿を二つずつカウンターに並べ、冷凍庫からアイスケーキを取り出しながら、

「生チョコもあるけど、いっしょにどう？『ミセス倶楽部』のお取り寄せ」

エメラルドグリーンのタイルの前で、カズヨの方へ振り向いた。

リフォーム

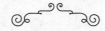

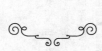

坂井希久子

SAKAI
KIKUKO

和歌山県生まれ。2008年「虫のいどころ」でオール讀物新人賞を受賞し、デビュー。17年『ほかほか蕗ご飯 居酒屋ぜんや』で髙田郁賞、歴史時代作家クラブ賞新人賞を受賞。主な著書に「居酒屋ぜんや」シリーズ、『泣いたらアカンで通天閣』『若旦那のひざまくら』『妻の終活』『たそがれ大食堂』『ハーレーじじいの背中』『おじさんは傘をさせない』『華ざかりの三重奏』がある。

一

これもまた、新たな門出と言うべきか。

会場となる中目黒《なかめぐろ》のレストランには、見知った顔が並んでいる。

全員で、十四人。皆周りを窺いながら、ひそひそと小声で喋《しゃべ》っている。最前列に陣取っている一人娘の穂乃実《ほのみ》以外は、戸惑いを隠せない様子である。

そりゃあそうだろうなと思う。私だって友人のこんなイベントに呼ばれたら、どんな表情で待っているのが正解か分からない。

「それでは、旧郎、旧婦のご登場です。皆様、温かい拍手でお迎えください」

司会者の呼びかけに従って、衝立《ついたて》の陰から出てゆく。

「旧郎」である亮司《りょうじ》が先に立ち、その後に「旧婦」の私が続いた。会場の拍手には一体感がなく、こちらまでいたたまれない気持ちになる。

やっぱり、やめておけばよかった。

後悔が胸に湧き上がりはじめたころ、ひと足先に雛壇へ上がった亮司が、来場者に向かってにこやかに手を振った。

それを機に、会場内の緊張がふっと緩む。笑ってもいいのだと、伝わったようである。

亮司のお調子者っぷりには、長年苛々《いらいら》させられてきた。その性格が、最後の最後で役に立つとは。私もいくぶん、肩の力が抜けた。

亮司はグレーのスーツ。私は装飾の少ない紺のワンピース。

隣に並んで立つのは、おそらくこれが最後となる。

「離婚式をやってみたら?」

と言いだしたのは、穂乃実だった。

一歳になる孫をあやしていた私は、聞き慣れない言葉に「はぁっ?」と顔をしかめてしまった。

よくよく思い返してみれば、耳にしたことはある。たぶん、朝のワイドショーかなにかだ。

結婚式ならぬ、離婚式。

別れの場にわざわざ友人知己を招くなんて、物好きな人もいるもんだと思った。そしてそのまま、忘れていた。

「お母さんたち学生結婚だから、共通の友達が多いじゃない。今後のつき合いのためにも、円満離婚ですってアピールしといたほうがいいよ」

冗談じゃない。そもそも私たちは、結婚式すら挙げていない。それなのに離婚式だなんて、まるで必要性が分からなかった。

「だけど、五十にもなってさぁ」

「だからこそよ。『私たち、再出発しまーす』って、明るく宣言しちゃおうよ」

穂乃実はそう言って、軽やかに笑った。こういうところは、亮司に似たのかもしれない。

嫌な予感がした。案の定、穂乃実から後日この話を聞いた亮司は、「いいじゃん、面白そう」と、すっかり乗り気になってしまった。

本当に、ノリが合わない。それでも三十年近く夫婦を続けてきたのだから、我ながら驚きだ。

その気になればもっと早くに、別れを選ぶことだってできただろうに。

「亮司さんと保子《やすこ》さんは、同い歳。上成《じょうせい》大学のキャンパスで出会い、おつき合いが始まりました。その一年後に娘の穂乃実さんを授かり、結婚を決意したのです」

司会者が、「旧郎旧婦」のなれそめを紹介してゆく。

そう、たとえば妊娠していると分かった、あのときだ。

亮司をあてにせず、シングルマザーで育てるという選択肢だってあった。なにせ結婚してからの五年間は、完全に私の実家頼みだったのだから。

穂乃実を授かったのは、大学三年生の春だった。亮司はすっかり腰が引けており、「お前の体なんだから、産むかどうかは保子に任せる」と、私に判断を丸投げした。

産むにしろ堕ろすにしろ、お金なんてろくに持っていなかった。困り果てて父に相談したところ、すぐさま亮司が呼び出され、話し合いが開かれた。

「大事なのは、君たちの覚悟だ。家庭を築くつもりがあるなら、亮司くんが大学を卒業して社会人になるまでの間、孫の養育はこちらでしよう」

娘に甘い父だった。幼いころに他界してしまった母のぶんまで、私を慈しんでくれた人だ。気が弱いくせに精一杯の威厳を示し、そう言ってくれた。

亮司はもう、逃げられなかった。

「ありがとうございます。娘さんを幸せにします」と、父に向かって泣きながら頭を下げた。

彼の実家は遠方で、息子の学費を工面するのがやっとの経済状況だったため、あまり頼れはしなかった。

その後私は大学を辞め、実家近くの埼玉の産院で子供を産んだ。父に助けられながらも慣れない育児に悩まされ、毎日髪を振り乱していた。

一方の亮司は父親になってからもあたりまえのように学生生活を謳歌して、週末だけ私たちに会いにきた。

「お義父さんを安心させてやらなきゃな」と本腰を入れるようになった就職活動は上手くいっていなかったが、その愚痴すらも私には眩しかった。

「お前はいいよな、就活から逃げられてさ。俺だって、毎日子供の相手をしてたいよ」

そう言われたときも、「ふざけるな!」とぶち切れて離婚を突きつけたってよかったのだ。

私だって大学を卒業したかったし、やってみたい仕事もあった。あんたの避妊が甘かったせいで、私だけがすべてを諦めなきゃいけなかったのに。

「替われるものなら、すぐにでも替わってあげたいわ」

悔しくて苦しくて、ようやく出た言葉がそれだった。

亮司は不穏な気配にまったく気づかず、「ほんとになー」と言って、ヘラヘラと笑っていた。

「その後亮司さんは、現在もお勤めの弥生《やよい》乳業に入社。社会人三年目となり収入が安定したころから、ようやく親子三人水入らずで暮らせるようになりました。亮司さんはやっと家族が揃ったと、密かに涙したそうです」

ぼんやりしているうちに、司会者による紹介が先へと進んでいた。

このスピーチ原稿は、亮司が用意したのだろう。実情を知る学生時代の友人がほとんどなのに、よくもまぁこんな捏造《ねつぞう》ができるものだ。

社会人になるまでという約束だったのに、大卒初任給で家族を養うのは難しいと言い張って、亮司は私たちとの別居を続けた。父を一人にするのが心配で、同居する気がないならそれもいいかと、私は思っていたのだけれど。

三年目に父から「いい加減にしろ」と叱られて、亮司はやっと重い腰を上げた。

「タケシから聞いたんだけどさ、こないだ男どもで飲んだとき亮司のやつ、『気ままな一人暮らしも終わりかぁ』って、涙ぐんでたらしいんだよね。保子たちに五年も子育て丸投げしといてなに言ってんだって、ほんと腹立つんだけど！」

そう教えてくれたのは、私たちと同じ大学のテニスサークルに所属していたトモエである。今も雛壇に向かって二列に並んだ座席の右端に、腕を組んで座っている。かっちりとした、黒のパンツスーツ。私と目が合うと、「ハッ」と頬を歪めて冷笑した。

　この反応は、調子のいい嘘をつく亮司に向けられたものだろう。

「お二人は、一人娘の穂乃実さんの成長を楽しみに、手を取り合ってまいりました。学校行事に、家族旅行、クラブ活動の応援と、穂乃実さんを中心とした思い出が降り積もってゆきました」

　天井に備えつけられたプロジェクターが光り、スライドショーが始まった。レストランの白い壁に、写真が映しだされてゆく。

　こんな演出は、聞いていない。写真まで用意するとは、亮司も大した熱の入れようだ。

　言い出しっぺの穂乃実さえ知らなかったらしく、「やだ」と両手で口元を覆っている。

　赤いハチマキをつけ、体操着姿でおにぎりを頰張る穂乃実。クラスの劇で、村人Aを熱演する穂乃実。富良野《ふらの》のラベンダー畑の前で、大きく手を広げる穂乃実。わんこ蕎麦《そば》に挑戦して、七十三杯という成人男性並みの記録を打ち立てた穂乃実――。

　写真の中で成長してゆく娘を見ていたら、不覚にも視界がぼやけてきた。

　可愛かったなと、あらためて思う。私だけが大学を去ることになり、不公平感に憤りもしたけれど、この子を産まなければよかったと後悔したことは一度もない。穂乃実の笑顔を見るたびに、「安心して産みなさい」と背中を押してくれた父への感謝が募ってゆくばかりだった。

ふと見れば、隣に立つ亮司の目も潤んでいる。

無責任なところはあるが、薄情ではない人だ。共に暮らすようになると、彼は穂乃実を溺愛した。

「お前はいいなぁ。こんな可愛い子と、ずっと一緒にいられたんだもんな」

なんて、子供が言葉を覚えて難なくコミュニケーションが取れるようになってから言われても、響かない。亮司は子育てのいいところだけを満喫していた。

それでも彼の調子のよさに、救われたことだってある。

たとえば穂乃実が中学二年生のとき、二ヶ月ほど学校に行けなくなったことがあった。頬のニキビが悪化して、人に見せたくないと言いだしたのだ。

大きなマスクをつけた穂乃実を連れて、皮膚科を何軒もハシゴした。もしも痕が残ったら、娘はこのまま不登校になってしまうんじゃないか。

不安がる私の肩を、亮司は気安く叩いてきた。

「大丈夫、治るよ。万が一痕になったって、レーザーとかもあるからさ。夏のボーナス注《つ》ぎ込んで、綺麗にしてやろうぜ」

ボーナスを注ぎ込んじゃったら、マンションのローンの支払いどうすんのよ。と呆れはしたが、そのお陰で肩の力も抜けた。

穂乃実と一緒になって、私まで落ち込んでちゃいけないと思い直した。

幸い何軒目かの皮膚科でもらった薬がよく効いて、ニキビは痕にならずに治ってくれた。

「あのころはお前まだ、ウエスト細かったんだな」

なにを思ったか、スライドを見ながら亮司が耳打ちをしてくる。

私と高校の卒業証書を手にした穂乃実が、並んで写真に写っていた。

「あなたもまだ、髪がフサフサだね」

お互い様である。亮司だって、生え際が年々後退していっている。

二人とも、今年でちょうど五十歳。結婚が早かったせいで、すでに孫までいる身だ。

娘婿の省吾《しょうご》くんは、穂乃実の隣でスライドを見ながら笑っている。孫の蓮《れん》は、省吾くんの実家に預けてきたそうだ。

離婚式なんて大人でも意義が分からないのだから、一歳の子供にはますます向いていないだろう。

スライドの写真が、ウエディングドレス姿の穂乃実に切り替わった。

「素敵な女性に成長した穂乃実さんは、やがて手元から巣立ってゆきました。喜ばしいことではありますが、後に残された亮司さんと保子さんは、虚しさを覚えたといいます。この先何十年も、二人だけで暮らしてゆくのか。そう考えると、人生がとても長く感じられました。互いに干渉することなく、一人の暮らしを味わってもいいのではないか。事実、お二人はまだ若いのです。まったく別の道を、歩むこともできるのです。話し合いの末、半年後から別居が始まりました」

映しだすべき写真がなくなったせいか、スライドショーはそこで終わった。

亮司と共有できる思い出は、もう増えない。

「ねぇ、穂乃実も結婚したことだし、私たちも気ままな一人暮らし、始めてみない？」

そう提案したのは、私からだった。

二

気ままな一人暮らし。

そんな言いかたをしたのはやはり、飲み会で亮司が零したという愚痴を、根に持っていたせいかもしれない。当の本人は、すっかり忘れていたようだけど。

私の提案に、亮司ははじめ戸惑う素振りを見せた。しかし一晩寝て目が覚めてみると、若い時分の記憶が甦《よみがえ》ったのか、それも悪くないと思えるようになったらしい。

「じゃあ俺がワンルームマンションを借りるよ」と言って、いくらも経たないうちに部屋を決めてきた。

インテリア雑誌なんか買ってきて、見るからに楽しそうだった。

できれば私が新天地に移りたかったのだが、亮司に先を越されてしまったので、仕方なく3LDKのマンションで一人暮らしを始めた。

誰の都合にも合わせなくていい生活は、想像した以上に快適だった。

元来、一人でいるのが苦にならないタイプなのだ。寂しいとすら感じなかった。

それでもはじめのうちは、亮司と頻繁に連絡を取り合っていた。だが時とともにやり取りの回数が減ってゆき、よほどの用がないかぎりはメッセージすら送らなくなった。

たまに遊びに来る穂乃実に「お父さん、近ごろどうしてるの？」と聞かれても、「さぁ」と首を傾げる始末だった。

そんな状態が、二年半続いた。途中で穂乃実が出産したので、亮司と顔を合わせる機会は何度かあった。

「やぁ、元気?」と挨拶をする間柄は、もはや夫婦ではない気がした。八十まで生きると仮定すれば、あと三十年。こんな私たちが紙切れ一枚の契約で繋がり続けているなんて、なんだか滑稽だ。

気ままな一人暮らしに慣れきって、今さら二人の生活に戻れるとも思えなかった。亮司は亮司で、他に好きな人がいるようだった。言葉にしなくても、態度に出すぎていた。

それでも、べつに、なんとも思わなかった。お互い人生の次のステップへと、踏み出す頃合いなのだと感じただけだ。

円満離婚。その気になればもっと早くに別れを選べただろうけど、私は亮司を嫌い抜いているわけではない。

私たちは別れても穂乃実の父と母だし、連のお祖父ちゃんとお祖母ちゃんだ。それだけは、変わることがない。

離婚式は、順調に進んでゆく。

司会者が離婚に至るまでの経緯を説明し終えると、亮司と私にマイクが回ってきた。参列者に向けて、ひと言挨拶をするのだという。

「えー、皆様。本日はお忙しいところ、私たちのために お集まりいただきまして、ありがとうございます。日取りを決める際、よっぽど友引にしてやろうかと思ったんですが——」

亮司がマイクを手に取り、話し始める。

友人たちから「ふざけるな」「やめてくれー!」と野次が飛び、笑い声が上がった。

「でも本気で危なそうな奴らの顔が浮かんで、思い直してあげました。お前ら、俺に感謝しろよ」

「危なくないわ!」

「失礼な!」

ここでまた、ひと笑い。座持ちのいい男である。

学生時代は、亮司のこういうところが好もしかった。

「安心しろ。今どき離婚なんて、珍しくもないんだから。でもこうして、めでたく離婚式を挙げられる夫婦はそう多くないと思います。至らぬところの多い私ですが、海のような寛容さで、すべてを水に流してくれた保子ちゃんに感謝を。本当に、今までどうもありがとう」

そして今は、こういうところに辟易する。

至らぬところを至らぬまま、許してもらおうとする身勝手さ。べつに私は、人と比べて特別寛容というわけではない。

「そうですね、誰かさんのお陰で海は濁ってしまったので、今後は自浄に努めます。一緒に温泉旅行に行ってくれる人、募集中です」

私は口元にマイクを近づけて、スピーチを引き取った。口調は冗談めかしているが、紛《まご》うことなき本音である。

「つまり友人の皆様には、今後も変わらぬおつき合いを、よろしくお願いいたします」

そう締めくくると、登場のときとは打って変わって、盛大な拍手が巻き起こる。

参列者の表情も、和やかだ。せっかくだからめったにないイベントを楽しもうという、余裕すらも窺えた。

続いて、友人代表の挨拶。呼ばれて席を立ったのは、亮司と仲のいいタケシだ。

私とは、数年ぶり。ますます胴回りが成長している。

「えー、私はお二人とは長いつき合いで、特に亮司くんとはずいぶん馬鹿をやってきたものですが——」

額の汗を拭きながら、タケシが喋り始める。

本当に、亮司はタケシとつるむとろくなことをしなかった。私の妊娠中に、クラブで女の子をナンパしまくっていたのも知っている。

一人ではなにもできないくせに、二人になると急に気が大きくなるのだ。

「ついに亮司くんが保子さんから愛想を尽かされたようなので、とても気分がいいです。ようやくこっち側に来たな、亮司。待ってたぞ」

タケシは浮気がばれて、十年ほど前に離婚している。可愛い娘さんが二人いるが、ずいぶん会っていないようだ。

数年前に集まって飲んだときは、「養育費ばかり払わされる」と愚痴っていた。

「うるせぇ。お前と一緒にすんな」

亮司が言い返し、「ほんとそれ」と友人たちが同意する。

離婚にも、いろいろあるものだ。タケシは調停で揉めたらしい。とてもじゃないが、離婚式など挙げられる状況ではなかっただろう。

なるほど。謎だった離婚式の意義が、だんだん理解できてきた。

このイベントは円満離婚であることをあらためて確認し合い、周りを安心させるためにやるのだ。だからこそ、友人たちが笑ってくれるとホッとする。穂乃実も一緒になって、口を大きく開けて笑っている。

別居状態が長かったから、ちょうどいい区切りだ。結婚記念日があるのなら、離婚記念日があっても構わない。

「それではお二人の、最後の共同作業へと移らせていただきます。どうぞ、こちらのテーブルにご注目ください」

式は粛々と進んでゆく。

司会者の合図で、雛壇に背の高いテーブルが運び込まれた。その上に厚い木のボードが置かれ、二人の結婚指輪が載せられている。

デザインは、ひねりを加えただけのごくシンプルなもの。太ってサイズが合わなくなったため、長らくケースに仕舞ってあった。それを今日、持ってきたのだ。

亮司の指輪も同様で、三十年近く前に買ったわりに、あまり傷んでいなかった。

スタッフが恭《うやうや》しく、鉄製のハンマーを差し出してくる。

これから行われることは、前もって聞いていた。ハンマーを二人で握って、結婚指輪を叩き潰すのだ。

まさに、離婚式のハイライト。前へと進むための、創造的破壊である。

亮司がスタッフから、ハンマーを受け取った。本当にやるのかと、参列者が固唾《かたず》を呑《の》んで見守っている。

期待の眼差《まなざ》しを一身に受け、私もハンマーに手を添えようとしたのだが——。

「あの、すみません。やっぱりやめます」

伸ばしかけた手を挙げて、そう宣言していた。


式の後は、食事と歓談。

フレキシブルな対話ができるようにと、立食形式である。

「ほんと、びっくりしたわ」

トモエが皿いっぱいに料理を盛り、次々と口に放り込む。

旺盛な食欲は相変わらず。それなのに学生時代とあまり体形が変わっていないから、不思議である。

「やっぱりやめますって、離婚をやめるって意味かと思っちゃった」

「まさか。それはない」

私は赤ワインで唇を湿らせてから、苦笑する。

「だよね」頷いて、トモエもからからと笑った。

さっき「やめます」と宣言したのは、「最後の共同作業」のほうだ。指輪を叩き潰すのは忍びなく、そのままの形で私が二つとももらい受けた。

「ま、売ればお金になるし。慰謝料代わりにもらっとくのが賢いんじゃない」

「べつに、そういうつもりじゃないんだけどね」

小さな声で、反論する。

周囲の喧噪に呑まれ、トモエの耳には届かなかったようだ。なにごともなかったかのように、ローストビーフを咀嚼《そしやく》している。

トモエが無言になった隙に、あらためて会場内を見回した。

参列者は、大学時代の友人が大半。あとは何度か家に遊びに来たことのある亮司の同僚と、ママ友から家族ぐるみのつき合いへと変わっていった佐藤《さとう》さん夫婦だ。皆それぞれに料理とお酒を楽しみ、談笑している。服装もセミフォーマルだし、なにかのお祝いかと錯覚しそうな雰囲気だ。

「離婚式をやるって聞いたときは、なにを馬鹿なことをと思ったけど、案外いいね。学生時代の連中といっぺんに集まることなんて、そうそうないし」

ローストビーフを飲み込んで、トモエのお喋りが復活した。

私はふふふと笑って、冗談を返す。

「後学のためにも、参加しといてよかったでしょ」

「まぁね。でもうちはまだまだ、先が長いな」

トモエは大学卒業後、広告代理店に入社してバリバリ働いていた。そのため結婚も遅く、一人息子をもうけたのは四十を過ぎてからだった。

同じ学び舎《や》で出会ったはずなのに、子供がまだ小学生のトモエと、すでに孫までいる私。このちぐはぐさが、人生の一筋縄ではいかないところ。ここにいる誰もがまだ、道半ばなのである。

「お母さーん」

人々の輪の中で笑っていた穂乃実が、手を振りながらこちらにやってきた。夫の省吾くんと、なぜか亮司まで引き連れている。

「トモエさんも、久し振り」

「うん。大人になったね、穂乃実ちゃん」

「あれっ、お前らそんなに会ってなかったっけ」

トモエに軽んじられているとも知らず、亮司が軽々しく口を挟む。

「最後に会ったとき、穂乃実ちゃんはまだ高校生だったかな」

「ああ、分かった。多摩川《たまがわ》でやったバーベキュー以来か。もうそんなに経《は》つんだな」

たしかに早い。穂乃実たちの会話を聞きながら、月日の流れに思いを馳せる。

当時はまだ出会ってもいなかった省吾くんが、所在なげに腰を屈め、顔を寄せてきた。

「あの、お義母さん。この度は――」

その後の挨拶が、続かない。

結婚式や葬式と違って定型文がないから、なんと言っていいか分からなくなったのだろう。

「おいおい、省吾くん。そう硬くなるなって」

すでにほろ酔いらしい亮司が、娘婿の背中を叩く。人を招いておいて、こちらは緊張感の欠片《かけら》もない。

「俺たちの再出発だ。『おめでとう』でいいんだよ」

省吾くんの肩に腕を回し、そうのたまった。

「離婚おめでとう」とは、ずいぶん逆説的だ。一歩間違えれば、厭味《いやみ》に聞こえる。

「いや、でも――」

省吾くんが戸惑うのも無理はない。だが私の今の気持ちも、「お疲れ様でした」と労《ねぎら》われるより、祝ってもらえたほうが晴れやかだ。

「うん、いいわよ。『おめでとう』で」

「はぁ、そうですか」

困ったように、省吾くんが首の後ろを掻《か》く。

真面目な青年だ。大雑把な穂乃実には、このくらい常識的な人が合っている。

「じゃあお父さん、お母さん、おめでとう！」

夫の代わりに、穂乃実が屈託のない笑顔を見せた。

誰よりも間近で見てきたから、この子はよく分かっている。私たちはもう、夫婦の役目を終えた。ただそれだけなのだと。

「よし、じゃあ乾杯するか」

よせばいいのに、亮司はすぐ調子に乗る。トレイを手にしたウェイターを呼び止めて、白ワインのグラスを取った。

しょうがない。これで最後だから、つき合ってやるか。

全員に飲み物が行き渡ったのを確認してから、私は手にしたグラスを目の高さに持ち上げた。

三

「おはよう。クレちゃん、そのピアス可愛いね」

明けて月曜日。いつもの時間に出社してパソコンを立ち上げたところで、同僚のミズホさんが隣の席にやってきた。

「おはようございます」

挨拶を返すと、ミズホさんはハッと息を呑む。「ごめん！」と、口元に手を当てた。

「つい癖で、クレちゃんって呼んじゃうわ」

離婚届は、式を挙げる前に出しておいた。会社にはその旨を通知し、必要書類も提出済みだ。私の苗字はすでに暮林《くればやし》から、川西《かわにし》に戻っている。

「いいですよ、べつに。愛称ですから」

結婚のときは苗字が変わるのが嫌だったが、暮林で過ごした期間のほうが、もはや長い。旧姓に戻っても、昔の服を着たみたいで落ち着かなかった。

呼びかたなんて、どちらでもいい。そう伝えると、ミズホさんは「じゃ、引き続きクレちゃんで！」と快活に笑った。

彼女の明るさには、昔から救われている。

穂乃実が小学校の高学年になったのを機に、私は産業用電子機器を扱うこの会社でパート事務として働き始めた。社会人経験ゼロからのスタートで、今思えば恥ずかしいくらい、あたりまえの常識が身についていなかったが、失敗をしても六つ歳上のミズホさんが「次から気をつければいいのよ」と笑い飛ばしてくれた。

その数年後に、社員登用試験を受けるよう勧めてくれたのもミズホさんだ。

「クレちゃんはまだ若いんだから、子供に手がかからなくなってからのほうが人生長いよ。パートで終わるなんてもったいない！」

あのとき、思いきって挑戦してよかった。別居や離婚という選択肢にするりと手を伸ばせたのは、安定した収入があるお陰だ。パートのままだったなら、自立できる環境を整えるまであと数年はかかっただろう。

学生時代は、広報の仕事をしたいと思っていた。社員登用試験の際にそう言ったのを役員の誰かが覚えていたらしく、今はミズホさんと共に、広報部門の立ち上げに関わっている。

まさか三十年近い時を経て、若かりし日の希望が叶うとは。

バリバリ働くトモエが羨ましくてならなかった当時の私に、焦ることないよと言ってやりたい。

「それで、どうだったの。離婚式は」

ミズホさんが、ひそひそ声で顔を寄せてきた。職場で離婚式のことを知っているのは、彼女だけだ。

「案外、悪くなかったです」

「あら、そうなの。先週までは憂鬱そうだったのに」

「けっこう、盛り上がりました」

会食後は久し振りに集まった友人たちと離れがたく、二次会に流れてしまった。私はそこで帰ったが、さらに少人数で、三次会まで催されたという。

亮司は今ごろ、二日酔いに悩まされていることだろう。

「へぇ、時代だわねぇ」

出た、ミズホさんの口癖だ。

己の価値観に合わない風潮も、「時代だ」とやんわり受け流す。実際他人事なのだから、それでいいのだと思う。

「おはよー」

課長が出社してきて、自分のデスクに鞄を置く。

挨拶を返すと、「暮林さん、ちょっといい?」と手招きされた。

「あ、違った。川西さんか」

気まずそうに、課長が広い額に手を当てる。新しい苗字が定着するには、まだしばらくかかりそうだ。

「ご面倒をおかけします」

私は苦笑しながら、立ち上がった。


定時に仕事を終えて、社屋を出る。

空はまだほんのり明るく、頬を撫でる風には植え込みの花の香りが混じっていた。ぼんやりしているうちに、季節は巡ってゆく。独り身になったばかりの私のほうが、よっぽどなにも変わっていない。気楽な一人暮らしの延長だ。たまに孫の面倒を見に行く以外は、プライベートの時間はすべて私のもの。自分より、優先するべきものがない。

「でも風邪なんかで寝込んだときは、やっぱり寂しいぞ。誰かいてくれたらなぁって、いまだに思う」

昨日の二次会で、赤らんだ顔を光らせながら、タケシがそんなことを言っていたっけ。

しょせんあれは、ケアをされる側の愚痴だ。熱が四十度近くあっても、「お母さん」は休めない。「無理せず寝とけよ」と言う亮司も、その間の家事はしてくれなかった。

体調が悪いとき、むしろ一人暮らしのほうが気兼ねなく寝ていられる。寂しさよりも、体を休められる喜びのほうが大きいくらいだ。

「分かるわぁ」とタケシに同意していた亮司は、近いうちに好きな人と再婚する心積もりなのかもしれない。

私は、まだまだこの気ままさを満喫していたい。

老後の不安は、もちろんある。

でもお金さえあれば、多少のことはなんとかなる。

会社の定年まで、あと十五年。今住んでいるマンションは近々売るつもりだから、亮司と折半しても、老後の資金の足しになるはずだ。

そんなことをつらつらと考えながら地下鉄に乗り、四谷《よつや》三丁目で降りた。移動の間に、日はすっかり暮れていた。

空腹をゼリー飲料でごまかしながら、私は三階建ての貸しオフィスビルに入ってゆく。

エレベーターはなく、階段で三階まで上がる。目当ての部屋のドアには、『アトリエＲＩＯ』の看板が出ている。

仕事終わりに寄ることは、あらかじめ連絡してあった。インターフォンは押さず、ドアノブに手をかけて引く。

「こんばんは」

室内には作業机が二台並べられ、至るところ木槌《きづち》や金槌、糸鋸《いとのこ》や金冠《きんかん》ばさみといった工具で溢《あふ》れかえっている。各種研磨機や電気炉、実体顕微鏡といった、専用の道具も揃っている。

「いらっしゃい」

ちょうど休憩中だったらしく、リオさんはマグカップを手に隣の給湯室から現れた。半白《はんぱく》の髪を、ラフに纏《まと》めた女性である。

彼女の肩書きは、ジュエリーデザイナー。自分のアトリエを、彫金教室として開放している。

私はもう二年近く、この教室の生徒である。今身につけているフープピアスも、実は手作りだったりする。

シンプルなクラフト調の、14金。

そういえばミズホさんに褒めてもらったのに、お礼を言いそびれてしまった。

彫金に元から興味があったわけじゃない。

そもそも私は、アクセサリーにあまり関心がないタイプだった。

きっかけは、気ままな一人暮らしに慣れてきたこと。自分のための時間をいささか持て余しはじめ、なにか趣味でも持とうと思うようになった。

どうせなら認知症予防も兼ねて、手指を動かすものがいい。楽器演奏や、編み物。羊毛フェルトなんかも没頭できそうだ。なにを隠そう、手先は器用なほうである。

さて、なにを始めようか。

そう悩んでいたとき、たまたま入ったカフェでリオさんのワークショップのチラシを見つけた。

彫金でオリジナルバングルを作ろうという、九十分のプログラムだった。

チラシの写真には金槌やペンチが写っており、まるで大工仕事のよう。どうやって作るのだろうかと気になった。

参加費は材料費込みで、三千五百円とお値頃だ。

試しに行ってみることにした。

会場は、このアトリエ。まず渡されたのは、一本の金属の棒だった。

素材は真鍮《しんちゅう》だという。直径三ミリの、丸棒だ。

見た目はまるでマドラーで、これがアクセサリーになると言われてもピンとこなかった。

少人数制で、定員は四人。その日の参加者は私を含めて三人だった。

まず順番にローラーという工具を使って、棒の丸い断面を平らにしてゆく。

デザインは好きな英数字を打ち込むか、ねじりを加えるか。

特に打ち込みたいメッセージもないので、私はねじることにした。

ここからは、バーナーの登場である。さっきの棒に万遍《まんべん》なく火を当てて、柔らかくしてゆく。これを、焼きなましという。

真鍮は金属の中では柔らかい部類と知っていたが、熱すると驚くほど加工しやすくなった。

万力で棒の両端を挟み、ゆっくりと一方向にねじってゆく。あとはバングルの形に叩いて形成し、リューターという器具で磨けば出来上がりだった。

焼きなましにムラがあったのか、ねじれ具合が均等にならなかったが、それもまた私のオリジナルだ。あとの二人は自分のイニシャルを打ち込んでいたり、ねじりを一回に止めていたりと、それぞれにデザインが違っていた。

ただの無骨な金属の棒だったものが、熱されて様々に形を変えてゆく。その無限の可能性に、私は妙な感動を覚えていた。もっと他のデザインや、様々な素材にも挑戦してみたいと思った。

彫金教室は他にもあるが、コースやカリキュラムを設定しないリオさんの方針が気に入った。

糸鋸の使いかたや、定番の平打ちリング、ハードワックスの取り扱いなど、基礎的なことさえ覚えれば、あとは「好きなものを作ろう！」と自由にさせてくれる。コマ数も決まっておらず、教室が開いている時間なら、好きなだけ作業をしてよかった。

少しずつ技術を身につけて、今では私のイメージしたものが、なんとか形になってくれる。次の目標は、ハンドメイド専門のフリマアプリで売れる水準に達することだ。

今日は特に、気合いが入っている。

さっそく私は、通勤鞄から耐火エプロンを取り出した。

四

「コーヒー飲む？」

リオさんに聞かれたが、すぐ作業に入りたかったので断った。

エプロンと共に取り出したリングケースを、作業台に置く。

昨日叩き潰すのを断った、二人分の結婚指輪である。

「いよいよだね」

ケースを開くと、リオさんが手元を覗き込んできた。今日の作業内容はあらかじめ伝えてある。指輪を一つ手に取って、内側の刻印を確認した。

「Ｐｔ９００。うん、問題ないね」

つまり、純度九十パーセントのプラチナだ。硬すぎず柔らかすぎず、加工がしやすい素材である。

結婚に未練はなくとも、この指輪にはある。苦楽を共にしてきたという、感興以上に。

先立つものがないからと、若い二人は結婚式を諦めた。それでもせめて指輪くらいはと、父がお金を出してくれたものだ。

親に迷惑をかけどおしの、不肖《ふしょう》の娘だった。いつか恩返しをしようと思っているうちに、父は心臓病でぽっくりと世を去った。

父はまだ六十代前半だった。

私が苦労をかけたせいで、寿命を削ってしまったんじゃないかという思いが拭えない。その思いが去来して、この指輪を叩き潰すことは、どうしてもできなかった。

父の柔らかな眼差しのように、結婚生活を見守ってくれた指輪である。穂乃実を抱っこするときだって、私の薬指で光っていた。離婚したって、大切なものであることに変わりはない。

かといって指輪のまま持っていても、この先身につけることはないだろう。そもそも、サイズが合わなくなっている。

「それなら、リフォームしちゃえば？」

離婚を決めたころ、指輪のことで悩んでいたら、リオさんがそう助言してくれた。古いジュエリーの地金《じがね》や石を再利用して別のデザインに作り変えることを、リフォームという。熱を加えて溶かしてしまえば、二つの指輪を一つにすることも可能だ。リオさんも、自身の離婚の際にはそうしたという。フィレンツェの彫金スクールで知り合った元夫とは、共同でジュエリーブランドを起ち上げた。そのうちに方向性が合わなくなってしまい別れたらしいが、気合いを入れてデザインした指輪までは捨てられず、ブレスレットになって今も彼女の手首を飾っている。

それはいいと、乗り気になった。結婚生活は終わりを迎えるけれど、私を大事にしてくれた父の想いは変わらない。今までとはまた別の形で、これからの人生を見守っていてほしい。

「また、指輪にするの？」

刻印を確認した指輪をケースに戻しながら、リオさんが問うてくる。

私は首を横に振った。

「いいえ、ペンダントトップにします」

デザインを一新するにしても、指輪はあまりに未練がましい。どうせなら、似ても似つかぬ形にしたかった。

「そう。分からないことがあったら、いつでも聞いてね」

「はい、ありがとうございます」

もうすでに、デザインは決めてある。

私は指輪を軽く拭ってから、二つとも溶解皿の中に入れた。

プラチナが溶ける溶解温度は、約一七七〇度。

専用のゴーグルを着用し、酸素バーナーで溶かしてゆく。

火力が凄《すさ》まじく、肉眼ではとても作業ができない。瞬く間に室温が上がり、ブラウスの脇にじわりと汗が滲む。

二つの指輪は真っ赤に熱され、やがて形を保てなくなり、混じり合う。うっかりつけてしまった傷も、微かなくすみも、一緒になって溶けてゆく。

何度かひっくり返して、綺麗な丸になったら溶解は完了だ。この小さな塊が指輪だったとは、もはや誰も思うまい。

その塊をやっとこで挟み、角金床《かくかなとこ》と呼ばれる鉄板台の上に取り出す。金と違って、プラチナは型に流せない。金槌で叩いて、鍛えながら形を整える。

まずは表面から。続いて側面。四方向から、万遍なく叩いてゆく。

腕力と、根気のいる工程だ。金槌を振り上げながら、けっきょく叩いているじゃないかと苦笑する。

でもこれは、ただの破壊じゃない。再生だ。大切なものだからこそ、今の私にとって必要な形に作り変える。きっと、綺麗に仕上げてみせる。

額に浮かぶ汗を、手の甲で拭う。金槌を振り下ろすごとに、プラチナは鍛えられて強くなる。

もっと、もっとだ。絶対に、途中で折れてしまったりしないように。

何度も叩くうちに、プラチナは平べったい板状になった。

「ふぅ」

ひと息ついてから、その板をローラーに通して引き延ばす。

やや厚みを残した、タグ状にしたい。何度もなましながら、目的の形に近づける。

よし、このくらいでいいだろう。タグを手に、私は作業机へと移る。

頭の中に思い描いているデザインは、ごくシンプル。リオさんに助言を仰ぐような、難しい工程はこの先にない。

なにせ糸鋸で透かしを入れたり、すり出しで模様をつけたりすれば、そのぶん地金の重さが減る。ただでさえ、溶解の際に蒸発して目減りしているのだ。これ以上、今までの想い出、そして父から受け取った想いを減らしたくはない。

だからタグの側面にかけるヤスリも、最小限に留めた。少しくらい不格好でも、私の人生らしくていいだろう。

しかし、表面が無加工なのはあまりに寂しい。それならばと、鏨《たがね》で模様をつけることにした。

鏨というのは、金属を叩いたり、彫ったりするのに使う棒だ。インディアンジュエリーでよく見られるように、デザイン鏨を組み合わせて様々な模様を打ち込むこともできる。

でもどんなTPOにも合わせられるよう、今回は槌目と打ち出し模様を残すだけにしたい。

その前に、裏面に『Pt900』の刻印を入れる。これをしておかないと、製作者の私以外に素材の純度が分からなくなってしまう。

さて、いよいよ表面の装飾だ。

まずは金槌で丁寧に叩き、槌目を入れてゆく。これだけでも不規則な凹凸ができ、模様になるのだが、さらなる奥行きを生み出すのが打ち出し用の鏨だ。

鏨を左手に持ち、その尻を金槌で叩いて、槌目の上から模様を入れてゆく。

これぞまさに、彫金の醍醐味《だいごみ》だ。凹凸《おうとつ》を重ねることで光の反射が複雑になり、立体感が得られる。

カン、カン、と、鏨を地金に打ちつける。いつの間にか、その音以外耳に入らなくなっていた。時計の秒針の音も、リオさんが立てているであろう作業音も、なにもない。地金を打つたびに、なにかの祈りのような音が返ってくる。

カン、カン、カン。

ふいに「幸せになれよ」という、父の声が聞こえた気がした。

さぁ、どうなんだろう。お父さんが願った幸せとは、別の場所に来てしまったみたいだけど。

カン、カン、カン、カン。

なら、幸せじゃないのかって？　ううん、幸せ。一人になってしまったけど、私は間違いなく幸せだよ。

ちょうどこの、彫金細工と同じ。私の人生は、まだまだいろんな形を取れる。これからなにが起こるか分からなくて、不安もあるけどわくわくする。

そう、たとえば大学を中退した心残りがまだあるから、聴講生になってもいいかもしれない。たしか、母校にも制度があったはず。さっそく資料を取り寄せてみよう。

それから、次に住む部屋には彫金用のアトリエスペースを作りたいな。今は設備も道具もリオさんに頼りきりだけど、簡単な細工くらいは自宅でできるようにしたい。今後は自分なりに、作品の方向性も決めていかなきゃ。

ああ、忙しい。きっとこの先、やりたいことがいくらでも見つかる。そうだ、温泉旅行も本気で企画してみよう。

そうやって私はしなやかに、でも揺るぎなく生きてゆく。

だからね、お父さん。これからも見守っていてほしい。記憶にはないけど、若くして死んじゃったお母さんもお願い。

カン、カン、カン。

よし、こんなものかな。仕上げに、ピカピカに磨き上げるからね。

磨きの工程は、三段階。

まずはブルーのシリコンポインターで磨き、さらにヘラ棒と呼ばれる工具を使って鏡面のように光らせる。打ち出し模様の凹凸面に細かく押し当てて、満足がいくまで手を動かし続ける。

最後はバフ掛け。ヘラで磨いた面を、バフという磨き布でさらに磨き上げる。これによってヘラを押し当ててできた凹みが消え、よりいっそうピカピカになった。

あとはあらかじめ用意しておいた、プラチナ製のバチカンを溶接する。バチカンというのは、ネックレスのチェーンを通すための輪である。

「――できた」

呟いたとたん、時計の秒針の音が戻ってきた。表通りの、車の音も。

「お疲れ」

後ろからふいに肩を叩かれて、私は文字通り飛び上がった。

振り返ると、帰り支度を整えたリオさんが立っている。

「すごい集中力だったね。そろそろ閉めるよ」

言われて時計を確認してみる。教室終了時刻の十時を、とっくにオーバーしていた。

「わっ、すみません。急いで片づけます！」

「いいよいいよ、ゆっくりで。こっちこそ、急《せ》かしちゃってごめんね」

リオさんはそう言ってくれるが、お言葉に甘えている場合じゃない。使った道具を拭いて、元あった場所へと戻してゆく。

耐火エプロンも、着けたままだ。脱いで通勤鞄に突っ込み、身だしなみを軽く整える。

「ねぇちょっと、後ろを向いて」

忘れ物はないかと確認していたら、リオさんに声をかけられた。

「はい」と素直に身を翻《ひるがえ》し、背中を向ける。

首筋で、しゃらんと軽い音がした。

「えっ、これ――」

視線を落としてみると、胸元に出来上がったばかりのペンダントトップが揺れている。

チェーンの用意は、まだしていなかったのに。しかも素材は、プラチナだ。

「あげる。お祝いと言っちゃおかしいけど、再出発記念？」

首の後ろで留め金をかけて、リオさんは私の両肩に手を置いた。

振り返ると、目尻に柔らかな皺を寄せて微笑みかけてくる。

「これもPt900だから、さらにリフォームしたくなったら、ペンダントトップと一緒に溶かしちゃって平気よ」

だからさっき、プラチナの純度を確認したのか。900なら、それなりにお高いはずだ。

「ありがとうございます。じゃあそのときは、遠慮なく溶かします」

そうだ、このペンダントトップも、これが最終形態じゃないかもしれない。必要なときがきたら、柔軟に形を変えるだろう。

チェーンのプラチナを加えれば、メンズのゴツいデザインにも対応できる。たとえば孫の連が、大きくなったら持たせてやれる。

でもそれは、まだ先の話。二十年後の楽しみに、取っておくことにしよう。

リオさんと別れ、一人で三階建てのビルを出る。

歩き始めて、やっと気づいた。猛烈に、お腹が減っている。

そりゃあそうだ。スマホを確認してみると、すでに十一時近い。ゼリー飲料だけで持つはずがなかった。

どうしよう。夜も遅いし、コンビニのサラダかなにかでごまかそうか。でも数メートル先に、深夜営業のラーメン屋の看板が光っている。

いやいや、駄目だ。カロリーが――。

いつもこの看板の誘惑と闘い、抗《あらが》ってきた。深夜のラーメンなんて、罪深すぎる。

でも私は、新しい私に生まれ変わったばかり。人生の彩りとして、祝杯ならぬ祝ラーをキメたっていいではないか。それもまた、一つの楽しみかただ。

そこにタイミングよく、お腹がグウと鳴った。

足取りも確かに、ラーメン屋に向かって歩いてゆく。近づくごとに、豚骨の香りが濃厚になる。

そういえば三時間おきに穂乃実の授乳をしていたころ、真夜中にラーメンが食べたくなって身もだえたことがあったっけ。

あのときは乳腺炎が怖くて諦めるしかなかったけど、今なら私の体重が増えるだけ。目先の幸せに、流されたって構わない。

さあ、ラーメン屋の入り口まで、あと三歩。

オレンジ色の看板に照らされて、胸元のペンダントトップがキラキラと輝いていた。

この扉の
むこう

咲沢くれは

SAKISAWA
KUREHA

大阪府生まれ。
立命館大学二部文学部卒業。
2018年「五年後に」で小説推理新人賞を受賞
（選考委員／桜木紫乃、朱川湊人、東山彰良各氏）。
現役の中学校教師ならではのリアルな描写が
注目を集める（のちに退職）。
20年、受賞作を表題にした短編集
『五年後に』でデビュー。

二月も中旬となり、卒業式までひと月を切った。大阪市内で雪が降ることはほとんどないが、校庭の上を吹き抜けていく風はピリリと刺すような冷たさだ。

けれど教室のなかはちがう。

蓮見頼子《はすみよりこ》は今年度、三年生の担任を務めている。一年生のころからの持ち上がりで、彼らとのつきあいももうすぐ丸三年になる。互いに慣れ切った関係とはいえ、あまりにもクラスのなかの緊張感がなさすぎる。

この時期の学級運営は難しい。頼子は今年度が過ぎれば、あと一年で定年を迎える。数多く担任を務め、三年生を受け持った経験も積んでいるが、その感覚は変わらない。

そして同時に寂しさが募ってくる。この子たちは中学を卒業すると、驚くほどのスピードで大人になる。そしてもう二度と戻ってはこない。学級運営に頭を悩ませ、苛立つことも多いが、その裏側でこの時期に抱える寂しさに、頼子はいつまで経っても慣れることがない。

そんなことに思いを巡らせながら、四時間目の、自分が受け持つクラスでの授業を終えた。このあとは給食だ。だからそのまま教室に留まり、昼食指導に当たるのが日常だ。と、教室の前の入り口の扉を開けて校長が、「蓮見先生ちょっと」と呼ぶ。

そういえば授業中も後ろの扉の窓から覗いていた。そうやって授業を見て回るのも、校長の仕事なのだが。

頼子が廊下に出ると、校長は重大ななにかを告げるように神妙な面持ちで腕を組み、声を潜めて「窓際から二列目のいちばんうしろの席の男の子、ぜんぜん先生のほう見てへんね」と言ってきた。

窓際から二列目の――彼の横顔を思い浮かべながら、ああ、あの子は進路も決まっていて、と口を滑らせてしまった。だが進路が決まったからといって、浮かれて周りにちょっかいを出すようなタイプの生徒ではない。

「ベテランの先生がそんなこと言うてしもたら困るなぁ。そんなんが理由として通用すると思ってるん？」

通用すると思ってるん？　最後のフレーズがしつこく頼子を追いかけてくる。校長の口癖のひとつだ。その口調はねちっこくて、目つきもどこか意地が悪そうに感じられる。

そのとき「蓮見先生、すみませーん」と半ば叫びながら、大澤菜月《おおさわなつき》が走ってきた。昨年度、頼子のクラスの副担任を務めていた菜月は、今年度も頼子のクラスの副担任だ。頼子たちのそばまで来た菜月は、息を切らせて「どうされました？　なにかありましたか？」と訊いてくる。

「大ベテランのはずやのに、蓮見さんの授業、あまりにも気になったもんやから」

菜月に対しても、賛同するのが当然のような威圧感すら醸し出している。さらに「それにしても大澤先生は毎日、こうやってお昼、教室に来るん？」などと、逆に質問をする。

頼子のことを「蓮見さん」と呼び、菜月のことを「大澤先生」と呼び方を変えるのはたぶんわざと。副担任が担任と一緒に昼食指導を行うことは、この学校のルールなのだから、それを知らないわけではないだろう。校長はただ菜月を持ち上げることで、頼子を貶めたいだけなのだ。

「校長先生、まだ蓮見先生とお話しされます？　それやったらわたし、先に教室入っておきますよ」

菜月の口調も声も普段通りだ。彼女の視線が一瞬、頼子の視線と絡んだ。そして彼女の口元がわずかに綻ぶ。

え？　おもしろがっている？

校長がなにか言う前に、菜月はさっさと教室に入っていく。その背を目で追いながら、教員の良くないところだけを指摘する校長や教頭が多すぎる、と、積もった不満がふつふつと湧き上がる。解決に導く助言よりも些細《ささい》なことをあげつらうばかりなのは、三十数年前からずっと変わらない。若手がターゲットになることが多く、頼子も二十代のころはいろいろと批判されたものだ。それがまさか、定年間近の歳になってまたこんな目に遭うとは——。

とはいえ、原因はわかっている。異動について何度かあった打診を受け入れなかったからだ。

頼子は今の中学に着任して、十年目になる。大阪市では、ひとつの中学に勤務できるのは、新任は六年まで、それ以外は十年までと決まっている。だから四月になれば異動になる。そして異動して一年で定年を迎える。

教員の仕事には慣れていても、職場が変わればなにかと勝手がちがうものだ。馴染《なじ》むのに一年くらいはかかる。つまり戦力になるころには定年を迎えることになる。それを校長はずっと気にしてきた。

二年前にも促された異動は、去年にはもっと強く催促された。そしてそのころから嫌味をよく言われるようになった。

「どこに出しても恥ずかしくないように、導き諭すことが管理職の役割なんやから」

管理職側にとっての適材適所に教職員を配置し、さすがだと思われたいがための、つまらない導きではないか。去年の冬、校長室のソファに校長と向き合うように座った頼子は、うつむき加減になって校長の言葉をやり過ごした。そして、やっぱり担任途中での異動は無理です、とはっきり断ったのだった。


ずっとたのしみに公開を待ち望んでいた映画を鑑賞した。主演は好きな俳優だ。韓国ノワール全開で、緻密な構成とスピーディーな展開に息つく暇もないほど夢中になれた。その上、ラストシーンがあまりにも切なくて胸が震えた。

エンドロールが終わり、照明がつくまでの間《ま》を静寂が包む。場内が徐々に明るくなるに従って、あまりにも作品世界に没入していたせいで、なんとなく気まずさを覚える。人々が動き始める。いくつもの足音のなかに落とし込むように、そっと息をつく。

エレベーターで一階まで下り、映画館が入っている商業ビルを出る。まだ十七時を少し過ぎたところだ。なんば駅近くのアーケード街は多くの人で賑わっている。足元が冷える。この日はとくに寒かった。その寒さで現実に戻されていくのに、先ほど観た映画で抱いたやりきれなさが、燃えかすのように胸のうちにくすぶっている。

主人公は中国にある延辺《えんぺん》朝鮮族自治州に暮らすタクシー運転手。彼の妻は韓国に出稼ぎに行ったまま、何年も帰ってこない。そこに、自分たちの仕事に協力するのなら韓国への旅費を出してもいいと、主人公は裏社会の顔役から声をかけられる。連絡が取れない妻を追って隣国に行くこともできないのだ。その貧しい暮らしがなにに起因しているのか頼子にはわからなかった。でも灰色の建物と、建物を彩る様々な看板、ハングルと漢字の表記が混在するその街になぜか懐かしさを覚える。

韓国に行った妻には実は恋人がいたのだと、そこは予想できる展開ではあったが、その妻が事件に巻き込まれてすでに亡くなっていたことが後半に明かされる。おまけに旅費を出してくれた男は、とある殺人のあと、その罪をすべて主人公に被せ、彼の命を奪おうとするのだった。

なんとか生き延びたのはよかったが、やりきれなかったのは、主人公が妻をひたすら憐れむ、その姿だった。裏切られていたという事実は受け入れがたいだろうに、憐れみ、妻の遺骨を抱きしめてただ泣きじゃくる。

信じていた、いや、信じたかったものがすべて壊れていく、そんな映画だった。

ゆっくりと歩く頼子の肩をかすめて男性がうしろから追い越していく。大きなスーツケースをごろごろと引き、こちらをふり返ってなにやら叫んでいる。外国人観光客らしく、妻と思われる女性と、ふたりの小学生くらいの男の子が男性のあとをついていく。女性もスーツケースを引き、男の子たちは大きなリュックを背負っている。

土曜日だった。

チーズケーキで有名なりくろーおじさんの店には相変わらず多くの人が並んでいる。値上がりしたが人気は衰えない。小さな雑貨店や洋品店を過ぎると、中華料理の蓬萊がある。「551」の蓬萊と、二軒ほど離れた場所にある「蓬萊本館」。姉妹店かと思っていたらまったくべつの店らしい。

歩きながら頼子は昨日のことを思い出す。

校長に嫌味をたっぷりと浴びせられていると、菜月が「先生すみません、教室に」と教室の扉を開けて、頼子を呼び寄せてくれた。

放課後にようやく、「今日はありがとう。正直、助かったわ」と菜月に伝えられた。

そんな自分がバカだった。

「もしかして蓮見先生、校長先生に嫌われてます？」

教室の前で校長の視線をかわし、口元をわずかに綻ばせた菜月の顔すら思い出した。あれはやはり頼子のことをおもしろがっていたのだなと、不快な気持ちになったのだった。

つまらないことに引っかかる自分がちょっと嫌で、振り切るように信号を急ぎ足で渡る。脇道に入ると、軒を連ねる店の灯りが行き交う人々をやわらかく包む。光が、冷えた空気と相俟って淋しさと不安な気持ちを呼び起こす。幼いころに味わったのと似た感覚のなかで、青みがかった薄墨のような色の空を見上げ、息を吸い込む。冷気のなかに人混みの匂いが混じっていた。派手なアーケード街の脇に昭和の色合いを残す法善寺横丁が見える。やがて古い家屋が立ち並ぶ狭い路地に行きつく。

古民家を改装して、レトロな雰囲気をうまく利用したおしゃれな店がいくつかある。その隙間を埋めるように、昭和の時代にタイムスリップしたような立ち呑みの店がある。そして頼子の目的地は、この一角にある保護猫カフェ「ゆりかご」だった。

金曜日の夜にひとりで映画を観にいくことが、もう十年以上前からの頼子のたのしみだ。けれど六十という年齢に近づき、そろそろ体力もきつくなってきた。働きづめで一週間を過ごしたあとの夜の映画鑑賞は、静かなシーンでは睡魔に襲われることもたびたびだ。それにレイトショーのあとの、閉店時間が迫るなかでの夕食は落ち着かないときもある。とはいえその落ち着かなさが、忙しい人生を象徴しているようで少しも嫌ではなかった。

ところがここ最近は、ちょっとちがう、という気もする。

ひとりで映画の世界のなかにどっぷりと入り込む贅沢な時間のはずが、ときどき、「贅沢」が帳消しになってしまうような気分になる。それはつまり、週末の夜くらいはゆっくりとおいしいものを食べたい、という気持ちが強くなってきたからだ。

それでときおり、土曜日の午後に映画を観にいくことにしている。最近はそこにくっつけて保護猫カフェ「ゆりかご」を訪れるというたのしみが増えたのだ。

去年の夏が来る前、今日と同じ映画館を訪れた日に、映画を鑑賞したあとアーケード街をぶらぶらしたのだった。そしてこのノスタルジックな一角にある、いかにも怪しげな古い雑居ビルをみつけた。その入り口横に「カフェ」と書かれた黒板仕様の立て看板があった。看板には「1ドリンク制」とあり、珈琲、紅茶、ココアなどのメニューが並ぶ。アルコール類はないということも明記され、料金はどれも五百円。フードはない。

果たしてこの雑居ビルの一室で、どのような狙いを持ってカフェがあるのかと思った。看板だけがやけにおしゃれなのに、それが意外にもこの一角に馴染んでいる。看板をさらに隅々まで見ると「最初の一時間一二〇〇円・以降三十分毎に六〇〇円」とあり、目立たないところにようやく「保護猫カフェ」という文言をみつけた。なんとなく好奇心もあって、頼子は階段をそろりそろりと昇っていったのだった。

それ以来、月に一度か二度の割で訪れている。たいがいは一時間か、長くても一時間半で出る。動物も好きだし、そのなかでも猫はわりと好きなほうだ。けれど頼子が抱くイメージとはちがって、猫たちは少しもすり寄ってきてはくれない。清潔な部屋の端に聳《そび》えるキャットタワーや、巨大なケージ、そのなかにしつらえられたベッドや、部屋のまんなか辺りに置かれたボックス型のキャットハウスのなかなどで、猫たちは過ごしている。しかもそのほとんどは眠っている。

「ゆりかご」という、仔猫を連想させるような店名なのにオトナ猫ばかりだ。

はじめてここを訪れたときは、常連客がすぐあとから入ってきた。そしてそこに備えられている猫のおもちゃを器用に操って、猫たちと戯れはじめた。頼子は、置いてきぼりのような、でなければ、そこにまちがえて迷いこんでしまったような気持ちになった。

そのときカフェのオーナーをしている唯島《ゆいしま》ゆかりさんが話しかけてくれた。唯島さんは三十代半ばで、もとは休日だけ手伝いにきていたのだという。そのうち高校卒業以来ずっと勤めていた会社を辞め、今はオーナーなのだと、そんなことまで話してくれた。

猫が好きですか？　と、こういう場所を訪れれば当たり前のように訊かれる質問に、頼子はなんと答えたのだったか。迷いなくはっきりと、好き、とは言えなかったのだと思う。しかしそんな頼子にもその日のうちに「推し」の猫ができたのだった。ハチワレのオスで、名前は哲学からとって「てつ」という。なかなか美形な顔立ちが、いつもなにかを深く考えているように見えるというのが、その理由らしい。

てつは突如、日本橋《にっぽんばし》近くの小さな公園に現れたのだそうだ。繁華街の裏道にあるその公園は、夜になるとたんに人通りが少なくなる。そこに何日も居続け、痩せているのを見かねた近所の人がエサを与えていたのだという。警戒しつつも、まったく人に懐かないわけではなかったことから、もとは飼い猫だったのかもしれないと唯島さんは教えてくれた。そして保護したときですでに二歳半くらいだったから、今は三歳半くらいだと思う、とも話していた。

この日もてつに会う。相変わらず頼子にはそっぽをむいたままだ。仲良くしている黒猫のゆめ吉と一緒にいるのも、はじめてここを訪れたときから変わらない。

ゆめ吉は、てつとはちがう場所で保護され、ひと月おくれで「ゆりかご」にやってきた。当時一歳を超えたくらいで、育った環境も年齢もちがうオトナ猫のオス同士が仲良くなるのは珍しいという。

てつのおかげではじめから安心して暮らすゆめ吉は、早い段階で唯島さんやスタッフたちにも馴れ、人間を信用するようになったらしい。手を差し出せばときどき顔を擦りつけてくれる。頼子でそんなだから、猫の扱いを知っている人なら、ゆめ吉はもっと気を許すだろうと想像できる。それでも里親はまだみつからない。

「こんにちは」

ほかのスタッフにオーダーしていた紅茶をトレイに載せて、唯島さんがそばに来る。

「蓮見さん、今日も映画ですか?」

「そうなんよ。なかなか重い映画で、だからちょっと癒されに来たんよ」

「そんなこと言って、けっこうお好きですよね、重い映画」

そうなのだ。コメディはまず観ない。ラブストーリーも昔はあんなに好きだったのに、最近は興味が持てない。ミステリーもトリックばかりをたのしむわけではなく、犯罪に至った動機がしっかりと描かれているものや、社会的な要素を含んだものを選ぶ。

そのとき三毛猫が頼子のすぐそばを通りかかった。思わず手を伸ばす。

「その子、半月前に迎えたんですよ。多頭飼育崩壊の家から救い出して。ふくっていうんですけど、同じ家にいたこうたも一緒に」

「ふく」とこうたの「こう」はカタカナ、「た」は太いという漢字で、フクは幸福の福、コウ太は幸福の幸の文字を由来に名前を考えたのだそうだ。

「ゆりかご」には、各々の猫の写真と名前、性別、推定年齢などが書き込まれたファイルが用意されている。だがそのファイルを見るよりも前に説明してくれた。

「あそこにいるキジ猫がそうで、四歳くらいなんです」

コウ太は部屋の奥の、キャットタワーの上部にあるベッドのなかにいた。

紅茶はソファの前のローテーブルの上に置いてもらって立ち上がった。

「コウ太はおとなしい性格なんです。それに臆病で、それゆえ警戒心が強くて激しいところもあるので、気をつけてくださいね」

迂闊《うかつ》に手を出すと引っかかれるのがオチだと彼女は言う。たしかに近づいていく頼子を見て、コウ太はもうすでに「シャーッ」と威嚇している。

目を吊り上げているその顔つきは決して友好的には感じられないが、小さな鼻にしわを寄せているのはかわいらしい。

そうっと手を出す。素早いスピードでパンチがくり出される。いわゆる猫パンチというヤツだ。コウ太は必死なのだろうが、なるほど猫好きのあいだで言われているように、その猫パンチなるものもかわいらしい。

「大丈夫ですか？」

「ええ。めちゃくちゃ怒ってるんかと思ったけど、爪は立ててないから」

それに、友好的ではないはずの顔つきやそのしぐさが、かわいい。

「猫を迎えようとは思われないですか？」

「え？」

考えたこともなかった。これまで動物を飼ったことはない。頼子の実家の家族にも、夫だった人にも、そんな経験はなかった。

今となってはひとり暮らしも自由で楽だし、日常の仕事に忙殺されるなかでは淋しいと思う暇もなかった。さらに言えば中学校教師には修学旅行などの泊行事《はくぎょうじ》の引率が必須だった。毎年ではない。たいがいは一年生と三年生を受け持ったときだ。それは担任でなくても、その学年に所属していれば避けられない。なかなか体力勝負のその仕事を、嫌だとか面倒だと思ったことはないが、そうやって仕事で家をあけることがわかっていれば、必然的に動物を飼うという発想はどこからも出てこなかった。

いつの間にかフクも来ていて、何度か猫パンチをくり返していたコウ太は、頼子の指先に鼻をくんくんと近づけては、ピクリとし、また近づけて、その冷たい鼻先を擦りつけてくる。

「コウ太がそんなふうに友好的に人に接することなんて、ないんですよ」

「え？　でもわたし、そんなに猫の扱い、よくわかってないのに」

「だからやないですか？　飼い主さんも、最初はこの子たちのことかわいがってたんやと思います。でも面倒をみれなくなっていって、この子たちは十分にかまってもらえず、エサももらえたりもらえなかったりになったんでしょう。水には小さな虫やほこりが浮いていました。同じ家のなかには、亡くなっていた子の遺体もあったんです。それでもその家から逃げ出さなかった。飼い主さんに対して断ち切れない思いがあるのに、信じることもできない。だからこそ、いきなり馴れ馴れしく、甘い声色を出してくるような人間には却って気を許せないんやと思います」

胸が痛くなる。

「でもその飼い主さんも気まぐれなんかやなくて、高齢でご自身の体調も悪くなって……そういう事情があったんですけど。結局今は入院されてるんです」

もしもそれが猫ではなく幼い子どもだったら、社会が手を差し伸べたかもしれない。しかし、ペットはそうはいかない。フクやコウ太も辛い思いをしただろうが、飼い主さんにとっても辛い状況だったのだろう。

猫はどこまで人間の言葉や気持ちを理解するものなのか。けれど猫を飼っている人の多くは、まるでわが子に対するように話しかける。そんな姿を、頼子は家庭訪問のとき、何度か見たことがあった。

「殺処分もずいぶんと減ったとは言っても、まだまだ少なくはないです。捨てられて野良になってしまう猫があとを絶たないのに、ペットショップでの生体販売もなくならない。ショップで売れ残った猫は結局殺処分される。病気になってもろくな治療も受けられずに、そのまま命を落とす場合もあるんです。そういう生体販売が生み出す悲劇もなくならない。日本はペットにおいては後進国です。わたしたちができることなんてたかが知れてるけど、でもやらないよりはずっとマシなんですよ」

「そう言えば保護猫カフェも最近、増えたように思うし、譲渡会もけっこう頻繁にあるみたいね」

「外猫や保護猫の不妊手術に協力してくれてる獣医さんを通じての、譲渡会の告知も増えたし、SNSも活用してます。保護活動をしているボランティアの人たちや、ほかの店の人たちとも情報交換して、なにかあれば協力し合えるような態勢も取ってるんですよ」

「そうなの？」

保護猫カフェもひとつの「カフェ」で、飲食店というくくりなのだと思っていた。だから他店はすべて競争相手なのだと。猫というアイテムを使って売り上げを伸ばす。そういう戦略だと——。

「わたしは一昨年まで信金で働いてたんですけど、地域の活性化とか、中小企業を支えるという信金には信金の使命があって、そういう理念を大事にしたいと思ってたんです。でも現実には競争の世界です。きれいごとばかりではやっていけない。それはわかるんですけど、もっとほかの信金や銀行と協力したりできないものなのかなと思ったり」

長く働いていた会社というのは、信用金庫だったのか。頼子のまったく知らない世界だ。

小さなメロディが鳴り、新たな客の来店を知らせる。普通のインターフォンの音だと、どうしても怖がる猫がいるという。一日に何度もそんな怖い思いをすれば、猫には相当なストレスになる。といってノックでは気づかないこともあるし、だれもが勝手にドアを開けて入ってこられるようにもできないらしい。

ドアは三重になっている。はじめて来たとき、厳重さに驚いたものだ。外側のドアだけスタッフが開けるシステムにしていて、次のドアで靴を脱ぐ。手を消毒して、カウンターで名前を記入し、ドリンクをオーダーして料金を払う。

ようやく、その先の引き戸から部屋のなかに入ることができる。

外側のドア以外はガラス張りになっているので、部屋のなかにいてもどんな客が来たのかが見える。

猫たちにストレスがかからないことと、猫たちが脱走してしまわないように、そして入店を煩雑にすることで「里親詐欺」を防ぐことを狙いにしているのだそうだ。

「里親詐欺」とは、虐待などを目的として猫を引き取ろうとする行為を指す。

やがて唯島さんが解錠したドアが開き、「こんにちは」と男性の声が聞こえてきた。頼子は部屋のなかからドアのほうを見る。男性が、引き戸を開けてなかに入ってきた。

「今日の撮影はこの近くやったんですか？」

はじめて見かけるが、常連客なのだろう。親しげに唯島さんは訊き、「そうなんですよ、なんばの路地裏特集」と彼は答えている。肩に掛けた大きなバッグが気になったが、写真家なのだろうか。

「失礼します」とささやくように男性は言う。

ほかのふたりの客が「こんにちは」と小さな声で応え、頼子も会釈をする。

「あれ？　コウ太、遊んでるん」

半月前に迎えたばかりのコウ太を知っているということは、この人は、やはり頼子よりもずっと多くここに足を運んでいるのだろう。

彼はコウ太に近づいてくる。が、コウ太は「シャーッ」と威嚇する。すると眠っていたフクが目を覚ます。コウ太がどんなに鼻にしわを寄せてシャーシャー言っていても、フクは意に介さない様子でコウ太の顎に自分の頭を擦りつける。

「威嚇してるのに、平気で近づいていくなんて、やっぱりこの子たちは仲良しなんやなぁ」

頼子に話してくれたのだろうが、フクがこちらを見る。フクは額の左側が黒、右側が薄茶色の模様があって、その模様は両側とも目の半分くらいのところまである。つまり顔の下半分は白いのだが、鼻は薄茶色のぶちに覆われている。きれいなアーモンド形の目をしていて、なにか訴えかけてくるように見つめてくる。

思わず頼子は、「フク、めちゃくちゃかわいいお顔ですよね」と口に出していた。

すると今度はコウ太が前足を伸ばして、フクのお腹の辺りをちょんちょんと触る。

「この子たちはかなりの美形ですよ」

なるほどよく見ればコウ太もオトコマエだ。目の大きさが左右でほんの少しちがっていて、口角は左側がやや上がっている。左右非対称のその顔つきはかわいらしいのに、そのくせどこかきりりとしている。

「ほんまに」

フクに気を取られているコウ太の顔を今一度まじまじと見る。鼻の頭は黒く、口元が白い。その白い部分が人間の唇のようだ。

「この子たち、簡単には捕獲器に入らなくて、最後まで抵抗したらしいですよ」

単に知らない人間が怖かったのかもしれないが、水には虫が浮いていて、ほかの猫の遺体まであったような家のなかで、飼い主さんのことを断ち切れずにいたのだと頼子は思う。自分たちに優しく愛情を注いでくれていたその事実を、やっぱり信じたかったのだろうと。

「エサもろくにもらえない状況で、お腹も空いてたやろうに」

「幸せになってほしいですね」

信じたものに裏切られても、また信じられるものに出会える。そうであってほしいなと思う。

「できればこのふたりはずっと一緒がいいよね」

フクが目を細めて「にゃぁ」と鳴く。コウ太がそれに応えるようにフクの頭を舐める。とても無邪気な表情だ。彼らの様子と常連さんの言葉に、コウ太にはフクが必要なのだと気づかされる。

三月に入って寒さが緩み出すと、忙しさが加速する。だがこの忙しさも数日間だけのものだ。そう考えると、やはり寂しさが心のなかで頭をもたげ、同時に緊張感を覚える。

公立高校への出願の日が迫っている。頼子はパソコン画面に向かい、内申書のデータを呼び出して確認する。

「大澤先生、ちょっといいかな」

校長に呼ばれて隣席の菜月が「はあい」と、生徒に応えるのと変わらない声と口調で返事をする。そうしてちらりと頼子を見、唇を尖らせて小首を傾げる。忙しい時期に呼び出されるのは迷惑だ、とでも言いたそうに。苛立ちを背中に滲ませて立ち上がり、菜月は職員室を出ていった。

菜月は、卒業式の壇上で卒業証書を校長に手渡す係になっている。その打ち合わせだろうか。何度もおんなじことばっかり訊いてくるんですよ、あの人。以前、菜月はそんなことを言っていた。

校長は、会話に少しでも隙ができるとだれかの悪口をねじ込んでくる。そういう人だからきっと、相手の話などまともに聞いていないのだろう。

曲がりなりにも自分より立場が上の人間をつかまえて「あの人」と吐き捨ててしまえる菜月の、その感覚がおかしくて、なんだか羨ましい。

パソコンの画面に意識を集中する。目が乾く。最後の生徒のぶんまでの確認を終える。まちがいがないのはほぼ「当然」なのだが、念には念を入れるべきだ。目を擦り、頭をゆっくりと左側に傾けて首の筋を伸ばす。

すると職員室の扉が音を立てて開けられた。

「そういうのほんまに無理なんですけど！」

菜月がわめくような声を出し、「大澤さんなに言うてるん」と校長が取り繕う。

また「先生」が「さん」になっている。

「こんな話、今せなあかんのですか？　いや、今やなくても、あかんでしょ」

「ちょっと冷静になってよ」

「冷静ですよ！　だからこそ言うてるんです」

ぜんぜん冷静ではない尖った口調で菜月が言い、周りは、これ以上は耐えられない、という顔つきで彼女から目を逸らす。

「恥ずかしくないんですか。こういうのなにハラって言うんですかね。なんで人の悪いところしか見ないんです？　そんな話、もう聞きたくないんですけど」

目を逸らしているくせに、「まだ若いのに」と呟く人がいる。

「あと一、二年で定年になるようなおじいちゃんやなくて、校長、まだ四十代なんやから、あんなふうに逆らって、大澤さん大丈夫なんですかね」

通りすがりに今井《いまい》が耳打ちするかのごとく、頼子にそんなことを聞かせる。まだ四十歳になるかならないかの彼は、今年度も親睦会の幹事を務め、教職員間の人間関係が円滑になるようになにかと気を回している。

「定年まであと一年やと、おじいちゃんなん？」

自分とは直接関係のないいざこざに興味津々の彼は、自分の失言には気づいていない。

「大澤さんさぁ、そんなこと言うて、通用すると思ってるん？」

出たよ、校長の通用すると思ってるん――。

その潜めた声が癇《かん》に障る。

すか」
「校長はけっこう、委員会とか校長会のなかで顔が利くらしいですよ。ヤバくないで
そんな今井の口調までもが、どこかおもしろがっているように感じられ、不快だ。
委員会というのは教育委員会のことだ。校長は三十代の一時期、その教育委員会で
勤務していた経歴を持っているらしい。そういう経歴を強みだとでも思っているのだ
ろう。それがどこで「顔が利く」ということになったのか。
「これまで多少のわがままも大目に見てきたの、わからん？　だいたい管理職に逆ら
って、ここでの仕事も転勤のときも、自分の希望通りにいくと思ってるん？」
それが自分への当てこすりのように感じられるのは、頼子の思い過ごしだろうか。
そもそも、一校長の感情的な意見に左右される人事などあってはならない。頼子は胸
の奥底が沸き立つのをがまんできそうになかった。
「管理職に逆らうって、どういうことを言うんです？」
気がつくと立ち上がっていた。
え、なに。あの人、正気？　ひそひそと頼子を揶揄する言葉が、これまた、耳につ
く。
すたすたと校長と菜月のそばまで行き、わたしらは意見も言えないんですか、と詰

め寄ってしまう。

ヤバいかなと、ちらりと思う。思うが、もうひと月しないうちにここを出ていくんやから、ともうひとりの自分が言う。

「なんや蓮見さん」

「なにがしか不適切な発言があったから、若い先生にこんなふうに言われてるんですよね」

菜月を見ると、彼女は大きくうんうんと頷いている。

「それでもご自身の不適切な発言の内容は棚に上げて、若い先生の悪いところだけを委員会にでも報告されます？」

「ちょっと蓮見さん、いったいなんの話してるんや」

首をわずかに傾げて見開いた目で、斜めに見下ろしたように頼子を見るその表情が、気持ち悪いくらいに腹が立つ。

感情的になったら負けだ、と思うのに、

「委員会や校長会に顔が利くという噂、みんな知ってますよ。そんなところ見たこともないのに、なんで噂になるんでしょうね」

と、今は直接関係のないようなことまでぶちまけてしまう。

「実績があるから」

実績？　自分でそんなことを言うなんて。

「ずっと思ってきたんですけど、もうつまらない嫌味も悪口もやめてください。先生たち、人間不信になりますよ。大澤先生のことも、話が終わったなら解放してやってください。まだ仕事があるんですから」

ちっ、と大人げない舌打ちをして校長は「まったく、こんなんで通用すると思ってるん」とまだ言っている。それを聞いた瞬間、頼子の心に詰まっていた様々な言葉が溶けて、頭の芯から熱が引いていく。職員室から出ていく校長の背を目で追いながら、双子の娘と息子が私立高校に進学したのだと話していたことを思い出す。もしかしたら彼は、自分を大きく見せることに必死なのかもしれない。実は学校の管理職は人気がないので、仕事ができないのに出世している人も多い。通用すると思ってるん。そんな口癖は彼自身に対する問いのように思えて、哀れにさえ感じられる。

菜月と連れ立って席に戻る。

「蓮見先生、嫌なこと言わせてしまってすみません」

「ていうか、どんなに腹が立ってもみんながいる前で逆らうのはよくないから。相手は人前で恥をかかされたと思うだけで、なにが正しいとかそういうの関係なくなるんよ。それに相手の立場を尊重することも大事やし」

「大澤さん、ほんまに気をつけんと。まだまだこの仕事続けるんやったら、長い物には巻かれろ、やで」

今井が口を挟んできて、まだいたのか、と頼子は呆れる。

「今井先生、そういう問題やないと思う」

長い物に巻かれて、正しいと思うことができなくなったら、それはもう「教育」ではなくなるのではないのか。

「そやけど人間関係はほんまに難しいですから」

今井がそう言ってしまう気持ちもわからなくはないが、頼子が菜月に伝えたいのは少しちがうのだ。

感情的になったら負け。生徒に対しても保護者や周りの教職員に対しても。そして、人前で相手のよくないところをことさら言い立ててはいけない。この仕事の基本だ。

「でも蓮見先生も、みんなが見てる前であの人にずばずば言ってましたから、同罪ですよ」

菜月がけたけたと笑う。

彼女の笑顔を見ながら、それはあなたを助けたかったからよ、と胸のうちで言う。

「ま、とにかく座って、パソコン開いて」

「はあい」

「今井先生も仕事しなさい。時間があると思ってても、あっという間に過ぎていくもんよ。そして気づいたら、定年まであと一年のおじいちゃんになるんやから」

「おじいちゃんて」と菜月は笑う。「じゃあ蓮見先生はおばあちゃんてこと?」

「え? あ、ええっと……」やっと気づいたのだろう。今井は「すみません」と口ごもる。

頼子は席について机にむかう。胸のつかえが取れたのか、強ばっていた首筋の力も抜けてくる。


「平日の夜に来はるの、珍しいですよねぇ」

ホットレモネードの入った耐熱グラスをローテーブルの上にそっと置きながら、唯島さんが言う。

すでに三組のお客さんがいる。三組のうち二組はふたり連れで、小さな店のなかはいっぱいだ。

水曜日だった。この日は公立高校への出願日だったが、意外に早く仕事が終わった。サービスデーを利用して映画を観ることも考えたが、観たいと思っている映画はすでに前売り券を購入していた。それならば集中力を求められる映画鑑賞よりも、自分を癒してくれるところを訪れよう。

そう思ってやってきた。

頼子の推しのてつが目の前を跳ねるように走っていく。ゆめ吉がそのあとを追いかける。

「てつが走るとこ、はじめて見たかも」

猫の寝顔は天使のようだと思っていたが、こうして動いている姿を見ると、いっそう無垢に感じられてかわいいものだ。

「あの、蓮見さん……」

唯島さんの声が沈んでいる。

「もしかして、てつになにかあったん？」

「いえ、てつやなくてコウ太とフクが」

そういえばコウ太とフクの姿が見えない。

「フクの里親さんが決まりそうなんです」

「え？　もう？」

「ええ」

　左右対称の整ったアーモンド形の目と、黄色の瞳に、鼻先を囲むぶちの模様がなんとも愛嬌がある、フクのかわいらしい顔を思い浮かべる。

「二年くらい前からいらしてる常連さんなんですけど、はじめてフクを見たときに、以前に飼ってらした猫ちゃんにそっくりやって、すごく気に入った様子やったんです。そのあとも何度かいらしてたんですけど、思い切ってもう一度猫と暮らしたいと言われて」

「そうやったん。よかったやないの」とは言うものの、心の底からは喜べない。

「ええ、それはそうなんですけど」

　先日、ここへ来たときにコウ太がいたキャットタワーのほうに目をやる。

　そんな頼子の視線に気づいたのか、唯島さんが「コウ太、あっちにいるんです」と、キャットタワーのある場所から右側に続く三畳ほどの小部屋を指す。

　そこは、とくに怖がりだったり敏感だったり、あるいは体調を崩している猫たちが静かに過ごせるようにしつらえたスペースになっている。畳一畳ほどの、人間も入れそうな大きなケージがあって、なかには中段や上段があり、それぞれにペットベッドが置かれている。ケージの片側は大きなタオルで覆い、わざと暗く、人目につきにくい場所を作ってある。ケージのむかいには箱型のキャットハウスがふたつ並べられている。

幼い男の子が喜びそうな秘密基地めいた部屋になっているのだ。

「コウ太、ごはんぜんぜん食べなくて。獣医さんに連れていったんですけど、とくに病気というわけではないみたいで」

「覗いてもいい？」

「是非そうしてあげてください」

はじめて会った日のコウ太は、頼子が近づくと威嚇してきた。それでもフクがそばにやってくると、頼子の指先に小さな鼻を近づけ、擦りつけたりしていた。あれから二十日弱、他者に友好的にはふるまえないコウ太の心の傷は癒えるどころか、深い寂しさまで味わうことになったのではないか。

頼子はそっと小部屋に入る。

「キャットハウスのなかにいると思います」

なんでこのふたりを引き離すことになるとわかっていて、唯島さんはフクの里親にという申し出を受けたのだろう。腰をかがめ、ふたつ並んだキャットハウスを順番に覗く。そういうものなのだろうか。猫たちの事情よりも、とにかく気に入った猫を迎えてもらうことを優先する。ときにはそれも必要なのかもしれないが。手前のほうには猫の気配すらせず、奥のほうを覗く。そしてトラ柄の被毛が見えたとき、頼子は、鼻の奥がつんとした。

畳の上に膝をつき、「コウ太」と小さな声で呼びかけてみる。反応がない。もう一度、「コウちゃん」と呼び名を変え「会いにきたよ」と言う。もう最後のほうは涙声になる。

ここではじめて、そうなんや、と気づく。てつもゆめ吉もかわいい。そのほかの猫たちも。彼らが寝そべったり歩いたり、水を飲んだり、高いところに登ったりしている姿を見れば癒される。けれど今日はコウ太に会いたかったのだ。

この環境や唯島さんや、ほかの人たちにも馴れて、フクと一緒に穏やかに過ごしてくれればいいなと思っていた。頼子に対しては威嚇してもいいから、生きていればいいこともあるんだと感じ取ってくれる日が来ればいいのに、と。

「コウちゃん……」

ハウスのなかの被毛がゆっくりと動いて、コウ太の顔が半分ほど見える。暗いから、彼の瞳の瞳孔は大きくなって光を蓄えている。

「ねぇ、コウちゃん」

頼子がそっとコウ太の背を撫でる。コウ太が瞳だけを動かして、じっと頼子をみつめる。

「コウちゃん、ずっとひとりでいたん？　ごはん、あんまり食べてないのん？　フクがいないから？」

「にゃぁ」

小さな声だった。威嚇すらしてこないことが却って辛くなる。

「大丈夫やコウちゃん、わたしがコウちゃんのこと寂しくせえへんから。それに、コウちゃんのこと大事にするから」

猫どころかペットなど飼ったこともないのに。最低でもあと一年は泊行事《はくぎょうじ》もあるかもしれないし、仕事で帰りがものすごく遅くなることもあるかもしれないのに。それに第一、ひとり暮らしもすっかりベテランで、快適なのに。

孤独死を覚悟している程度には、自分の置かれた状況もわかっているつもりだ。

「蓮見さん」

頼子はハッとする。気がつけば自問をくり返していた。声に出していたのでは、と照れ臭くなる。

「これまで見えていなかった扉を、開けてみてはいかがですか?」

「扉?」

「わたし、信金で十五年働きました。最初は知らないことだらけ。でも経験を積んで、後輩もできて慣れてきたら転勤になって。知っているはずの仕事やのに、またわからなくなる。そのとき、なんか孤独を感じたんです」

頼子も転勤は五回ほど経験している。教員になって三十年を超えれば、異動先に見知った教員がいたりもするが、最初のころはちがった。異動先はまるで知らない世界のように思えた。

「仕事もミスが続いてばっかりで落ち込みました。そんなとき先輩の女性が『新しい扉を開ければいいんよ』って言ってくれて……それで気持ちが軽くなったんです」

それは「逃げる」ということだろうか——。

微妙な解釈に思えた。逃げるのは悪いことばかりではないが。

「今、いる世界から一歩、踏み出してみるんですよ」

転勤した先でなにもかもがわからないと悲嘆に暮れるのなら、慣れきったこれまでの世界から一歩踏み出したんだと思えばいい、ということなのだと唯島さんは説明してくれた。

「見えないだけで、ほんまは『扉』はそこらじゅうにあるんですって。その先輩が教えてくれました。蓮見さんにとってコウ太を迎えることは、きっと扉を開けることなんやと思います」

「扉を……」なるほどそうかもしれない。

「猫との暮らしはいいものですよ」

「唯島さんの家にも猫が？」

「ええ。キジ白のオスで、そろそろ十歳なんです。仔猫のころ拾ってきて、最初は弟みたいに思ってました。でも十年も経つとむこうがお兄ちゃんみたい」

猫のほうが人間よりもずっと人生が短いのだから、きっと成長するのも早いのだろう。唯島さんはにこにこと、とてもやわらかい表情になっている。

「ほとんどは元気に、ひとりでお留守番もしてくれるけど、やっぱり寂しがって甘えてきます。お金もかからないわけではないし、トイレの世話もある。獣医さんにお世話にもなるし、いろいろ楽なばかりではないんですけど、それでもいいもんですよ、猫がいる暮らしは」

だれもいない部屋に帰るとコウ太がどこかで眠っている。そんなことを想像してみる。ケージを置いたほうがいいのだろうか。それともペットベッド？

「わたしのベッドやのに、枕までつかって大の字になって寝てたり、スリッパが片方、どこかへ飛んでいってたり、猫用のおもちゃが散乱してることもあったり。ひとりでいても毎日退屈しないです。それどころかたのしいことばっかりで」

そこで唯島さんは我にかえったように、「あ、もう嫌やわぁ、ごめんなさい。こういう仕事してるからって、無理に勧めるわけやないんです」と繕うように言う。

「そんなふうに思ってないから大丈夫よ。ただ唯島さんがあんまりたのしそうに話すから」

だから頼子もうれしい気分になったのだ。

「猫ちゃん、唯島さんのベッドで寝てるんやね」

ならば最初は、とりあえずトイレと猫用の食器、そしてエサを用意すればいいのか、と、頭のなかではもうコウ太を迎える準備をしている自分に驚く。

「でも定年までまだ一年あるんよ。春には異動して、どんな学校に行くんかもわからん。ぶっちゃけて言うと、荒れてたらそれこそ毎日帰りが遅くなるし、担任はもうないかもしれんけど、もしかしたらまた修学旅行に行かなあかんかもやし」

不安要素をつらつらと並べ、そしていちばん気になっていたことを、ようやく口にする。

「コウ太はフクと離れ離れになっても、大丈夫なんかな。フクも、コウ太がいなくても幸せになれるんかな」

「できれば……コウ太とフクは、一緒に引き取ってくださる方がいればと、ほんまは思ってたんです」

視線をゆっくりと頼子からはずす。言葉を切りながら、愚痴をこぼしているようにはならないように、と注意を払っているように感じられる。

フクを引き取りたいと申し出た常連さんというのは、高齢で、これが猫と暮らす最後のチャンスかもしれないと話したのだそうだ。

「ほんとうはコウ太も一緒に迎えられたらいいけど、無理をして結局面倒をみられへんかったらあかんし……そんなふうに言われて、それでわたしもフクを連れておうちを訪問させてもらいました。そこからもいろいろお話しして、それでまずはトライアルから、ってことになったんです」

「トライアルということは、またここに戻ってくる可能性もあるの？」

「一応、最低二週間ということになっていますが、今の時点で見ると、そのままフクの里親さんになってくださるのではないかと思います」

トライアルが決まると、ＬＩＮＥやメールなどを使って、猫の画像や映像とともにどんな様子かを「ゆりかご」宛てに送ることになっているという。フクを迎えた人は、毎日のようにフクの画像などを送ってきて、いかにフクがかわいいかについて知らせてくれるらしい。

「それにフクも、最初はコウ太と離れた寂しさもあるでしょうけど、その寂しさを埋めて余るくらい、あの方なら愛情を注いでくれると思うんです」

これまでにも、できれば一緒に引き取ってくれたらと思うパターンはあったが、なかなか難しいらしい。それでも引き取られていった猫たちは、新しい環境のもとで幸せに暮らしているのだそうだ。

「この扉のむこうには、わたしたちだけやなくて、猫にとっても幸せになる道筋があるかもしれない、ってことなのね」

唯島さんが頷く。

メインの部屋のソファに座って、頼子は今の仕事の状況を、唯島さんに簡潔に、けれど必要だと思われることについては極力具体的に伝える。そのあいだ唯島さんはまっすぐ頼子をみつめ、ときどき、ええ、とか、はい、と小さな声で、でも明確に返事をしてくれる。

「お仕事以外でも、泊まりで家を空けられるときはご相談ください。様子がおかしいと思われたときも、いつでもおっしゃってください」

ペットシッターを紹介することもできるし、唯島さんのほうで預かることもできるのだという。もちろんペットホテルとしてなので、有料にはなる。

けれどそこは有料にしてもらうほうが、却って頼みやすい。

コウ太を迎えたのは、その翌週の月曜日だった。

卒業式が終われば次は自身の転勤に向けての準備がある。だからそれまでの緩やかな時間の流れのあいだに、と思ったのと、やはり卒業式で生徒たちを送り出したあとの、ぼんやりとした空洞を心に抱え込んでしまう時期よりも前のほうがいいと判断したからだ。

そして唯島さんと相談して月曜日に決めたのだった。頼子が比較的早い時間に帰宅しやすいのと、月曜日は「ゆりかご」の定休日だからだ。それで唯島さんが自ら車を運転し、ケージに入ったコウ太を連れてきてくれたのだ。

気に入っている陶器のお店で購入した、底の浅いマグカップや、器、小皿などをテーブルに並べた。水はこれ、メインの食事はこの器、スープはこれ、と、頼子は唯島さんに説明する。

「いいと思いますよ」

「食事の場所はあそこ、その向こうにトイレ。寝るのはわたしのベッド。と思うけど、一応、ベッドのそばに座布団も」

「蓮見さん、ほら、あれ」

振り向くと、なんとコウ太が頼子のベッドの上にあがっている。両前足で布団をふみふみしながら、自分が身体を横たえるのにふさわしいかどうかを確認しているみたいだ。

だが実際は——。

「お母さんが恋しいんかな、やっぱり」

「蓮見さん、よくご存じやないですか」

「今は、これくらいのことはスマホで調べられるから」

ふみふみするのは幼いころ、母猫のお乳を飲んでいたことを思い出しているのだそうだ。

それから唯島さんは、コウ太の名前は好きなものに変えてもいいと言ってくれた。けれど頼子は「コウ太」という名前をそのままにすることに決めている。

必要書類に記入して、トライアルの規定通りの譲渡金を支払い、そのあと部屋のなかを唯島さんが見て回り、エサの種類なども確認して帰っていった。

なにかあれば躊躇せずに、すぐに唯島さんにＬＩＮＥをすること。それ以外にもトライアル期間は週に一度は動画もしくは写真をＬＩＮＥで送ること。そんな注意事項が記載された用紙も手渡され、さらに口頭でも説明を受けた。

唯島さんが帰ったあと、頼子は部屋着に着替え、ベッドにそうっと近づく。コウ太はその場にじっとしてくれている。そして見上げた瞬間をスマホで撮る。今日は三月十日。

ペットグッズ専門店で見かけた写真立てを購入してある。『ペットの定点観測』という文言に心惹かれるものがあったからだ。猫はオトナになってしまえば、もう見た目にあまり変化はないのかもしれない。でも来年も再来年もその次もずっと、この日にコウ太の写真を撮ろうと決めたのだ。

それから頼子はそうっとベッドに横になる。もちろんコウ太から少し離れて。

コウ太。わたしの猫ちゃん。はじめて家に迎えたわたしの、かわいい相棒――。

するとコウ太はそろりそろりと頼子のそばにやってきて、頼子の腕の辺りに鼻を近づける。くんくんとしていたが横になる。もう「シャーッ」とは言わない。身体を動かさないように頼子は首だけをゆっくりと動かしてコウ太を見る。

「コウちゃん。これからは姉さんが一緒にいるから」

するとコウ太は短く「にゃっ」と鳴いた。威嚇されなくなったことはうれしいが、もしかしたらなにかを諦めたからなのかもしれないと思うと、少し切ない。ところが当のコウ太はあくびをひとつして目を細め、ごろごろと喉を鳴らす。なんとも穏やかで幸せそうな表情だ。きっと今日という日が頼子の人生にとって、大きく刻まれる日になる。

「合格かも」

小さな声で呟いてみる。心がじわりとあたたかくなる。


明日は卒業式だ。授業はなくても、ホームルームでいろいろと話したり、卒業アルバムやPTA新聞を配ったり、そのあとは大掃除をしたり、なにかとバタバタした。副担任である菜月も手伝ってくれようとしたが、この日は三年生と一年生、各二クラスずつの授業があって、頼子よりももっと忙しい。だから頼子はせっかくの菜月の申し出を断り、その気持ちだけをいただくことにした。

その菜月が授業を終え、戻ってきた。

「蓮見先生、みんなどんな感じでした？」

「そうねぇ、あの子もこの子も、みんなおとなしく、教室の自分の席にちょこんと座って、なにを言ってもただ頷いてね」

一年生のころは、じっと話を聞いていることができない子が何人もいた。二年生になると少しは落ち着いてきたが、反抗期まっただなかの思春期で、なにを言ってもそれらしい理屈を並べたててきたものだ。

「拍子抜けする、っていうか、寂しさばかりがこう、胸を締めつけてくるんよ」

「ええー、もしかしてもう泣きそう？　三年間受け持った最後の生徒たちですよねぇ」

「そうなんよね。二十代のころはなにかと大変やった。仕事には不慣れやし、自分は若いつもりでいても、生徒たちとは微妙にずれるしね。でも、経験を積んできてこの三年間はうまくやれたかというと、もしかしたらいちばん反省することが多いかもね」

「反省？　なんかこの仕事はいつまでも課題だらけやないですか？」

「そうね。こんな感じで、一年後、定年を迎えるんかな、わたし」

「わたしね、先生」菜月は机の上に置いてあった美術の教科書や画集などを、ブックスタンドに並べながら、「担任を務めなくてよかったです」と言う。

「そんなに愛情深く、あの子たちに寄り添えなかったかも、ですよ」

なんというか、いつもどこか強気で物怖じしない様子を見せる菜月とは思えない。

「それに今年度はとくに、自分のことでいっぱいいっぱいでしたし」

たしか交際相手と、互いの両親を交えて食事をしたと話していたのではなかったか。思えばあれから一年以上が過ぎている。

「もしかして、結婚、するの？」

「えー、わかります？」

わかりやすすぎる反応を菜月は見せた。頼子は吹き出しそうになるのをこらえて
「いよいよなのね」と確認する。

「今年の六月に式を挙げることにしました」

梅雨で、それゆえ体育祭の日程が狂わされてしまうややこしい時期だ。

「憧れやったんですよ、ジューンブライド」

頼子が結婚したころにもそんな言葉はあって、六月の花嫁は幸せになるという言い伝えを信じている人は多かった。けれど仕事を持っていれば、そのスケジュールが優先される。そういったものよりも自分の価値基準を貫き通すところが菜月らしい。

「蓮見先生も来てくださいね」

「でもわたしは……」

三月末で異動することが決まっている。そのあとに披露宴の席に出るのは気が進まない。

「そのころにはもう自分はここにはいないとか、そういうことをおっしゃりたいんですよね。でもわたしは蓮見先生に来てほしいんですよ。それに六月は梅雨と体育祭で面倒くさい時期なのもわかってるんですけど、六月に結婚式を挙げることも、蓮見先生に来てもらうことも、わたしにとっては大事なんです」

たしかに菜月とはこの二年間、同じクラスの担任と副担任という立場で仕事をしてきたのだから、ほかの教員よりも近い距離にある。でもプライベートでのつきあいはほとんどないのだ。ふたりだけで呑みに出かけたことすらない。

「わたし、蓮見先生が以前から何度も異動を促されてたこと、知ってましたよ。もしわたしが先生の立場ならやっぱり断ったと思います。なんかあの人たちに言われるがままにしたくないから。でも蓮見先生はもっとちがう理由ですよね。最後まであの子たちとかかわっていたい、っていう。そういう先生のこと、ちょっといいなと思ったんです」

ちょっといいな——か。ずいぶんと軽い。

「尊敬とか憧れとか、そういう堅苦しいものやなくて、もっと身近で真似したい感じなんです。正直、最初はちょっと苦手やったんですよ。離婚経験があって、どこかで結婚とか恋愛をバカにしてるみたいで、なんでも知ってるような顔をしてすましてて」

そんなふうに思われているだろうと予測はしていたが、こうして面と向かって言われると呆れてしまう。こんなことをするりと口にできる菜月に対してではなく、それを言われてしまう自分に、だ。

「でも誤解でした。なんだかんだ言うても先生は毅然としている。ひとりになることを恐れず、というか、ひとりの時間をちゃんとたのしめる。大人なんやなと思いました。そしたら、わたしは今のままでいいのかなとすごく思うようになって」

「べつに大澤先生は大澤先生なんやから」

「でもやっぱり人は成長しないと。せっかく働いてるんですし」

その場その場をうまく切り抜けることしか考えていない。菜月のことをそういう人間だと思っていた。周りとの調和などは二の次で、常に自分の感覚を優先する。だから以前は「担任を持ちたい」とだれ憚《はばか》ることなく口にしていた。それが、やっぱり副担任を続けたいと心変わりした。

そんな菜月が「成長しないと」などと言うとは——。

「ところで蓮見先生、実はわたしも、校長に思いっきり嫌われてる感じですよ」

あまりに屈託なく言うのでさらに驚いた。

——もしかして蓮見先生、校長先生に嫌われてます？

先日、菜月からそう言われた。彼女が浮かべた笑みを見て、頼子を嘲笑しているのだと思った。だがもしかしたら自嘲し、仲間意識を持ったからのものではないだろうか。

「こないだ校長に呼ばれたの、卒業式の件やったんですけど、そこから結婚式の話になったんです。それでだれを呼ぶとか呼ばないとか、いちいち訊いてきては文句を言われて。そのうちにお得意の、批評という名の悪口がはじまって。ほんまはあのときすぐに蓮見先生にも話したかったんですけど、結婚のこともまだ言うてなかったから」

菜月なりに頼子に知らせるタイミングを計っていたようだ。

結婚式には校長も呼ばないわけにはいかない。それを考えると、頼子はますます腰が引ける。だがそれはそれとして。

「それであんなふうに啖呵《たんか》切ったわけ？　感情的になったら負けやって」

「最近、感情的になったら負け、ってよく言ってますよね」

「そう?」

そういえばこの言葉は——。夫だった人が勤務していた高校の先輩教員から聞いたのだった。新婚だったころ三人で食事をした。彼はその男性の先輩教員のことをとても慕っていた。その食事の席での会話の内容はもう覚えていない。ただ、その人が『感情的になったら負けなんや』と語っていた。不思議と腑に落ちたのに長く忘れていた。それが今になって胸に沁みてくるのだ。

考えてみれば、夫だった人はもうそばにはいないし、彼の先輩教員との交流など成立することもなく、そのまま会うこともなくなった。だが、この言葉だけが頼子の心の襞《ひだ》に残っていた。それは皮肉でもなんでもなく、夫だった人との生活があったから、こんなふうに、長く経って胸に沁みる言葉に出会えたのだという感慨しかない。そして夫だった人にも、その人との生活にも、もうなにも感じることはないのだが。

「けっこうイケてますよね、その言葉。なんか蓮見先生らしい」

「そうかな」

「それであのとき、助けてくださってありがとうございました。校長にあまりにもムカついて、それこそ感情的になってたから、ちゃんとお礼も言えなくて。校長にあんなふうに言ってくれて、スッキリしましたよ」

「べつにわたしは」なにを言うつもりだったのか、そのあとの言葉は続かない。

「招待状送りますから、住所、教えてくださいね」

結局菜月の笑顔に押し切られてしまう。


玄関を開けると同時に「ただいま」となかに向かって声をかける。

コウ太を迎えてから、帰宅すると「ただいま」を言うようになった。それでコウ太が返事をしてくれるわけではないが、ベッドの上で眠っていても、頼子の声に反応して顔を上げてくれるのだ。

ベッドの上にいてくれるなんて、と、最初はうれしかった。頼子が眠りに就くときも、こうしてベッドで一緒に横になってくれるのかと、期待した。けれどそこは少しちがって、頼子の顔を見つつもコウ太は足元へと移動するのだ。威嚇こそしなくなったが、それは「懐く」こととはべつで、やはりどこかなにかを諦めているように感じられる。

わが家に来てまだ三日ほどだ。コウ太は今四歳くらいだから、少なくともあと十年は一緒に暮らせると思う。焦らなくても、そのうち心を開いてくれるだろう、と自分に言い聞かせる。

リビングまでの短い廊下に花が散乱している。大した量ではないが、まだ枯れていない花が数本散らばっているのだ。キッチンの前のちょっとしたカウンターのスペースに、花瓶を置いていた。そんなに深い意味はないが、三年間受け持った生徒を送り出す卒業式の日に向けて、花を数本買ったのだった。

頼子のちょっとした小さな習慣だった。

自分の誕生日だとか、お正月はもちろん、ほかには学期がはじまるときと、終わるとき、気が回れば梅雨入りや梅雨が明けたときなど、なにかの節目に数本の花を飾るのだ。

そういえば唯島さんが、猫にとって毒になる花もあるので気をつけてください、と言っていたことを思い出す。

花の種類には気をつけたが、食べた形跡はなくてまず安心した。花瓶はカウンターの上に倒れたまま留まっている。床に落ちて割れなくてよかった。もし割れて、それをコウ太が踏んでケガでもしたらと思うと、ゾッとする。

慌てて頼子は「コウちゃん、ただいま」と、ベッドの上で丸くなっているコウ太に近づく。

コウ太は顔も上げない。

「コウちゃん」ともう一度呼んで、頭をゆっくりと撫でる。

それでようやくコウ太が顔を上げてくれる。

「ただいま。寂しかったん？」

無言のまま頼子をじっとみつめている。

「明日、卒業式なんよ。だからいつもより早く家を出なあかんし、夜もごはん食べて帰るから遅くなるんやけど」

「にゃぅ」

低い声でコウ太が鳴く。不満げだ。

「お花、ちがう場所に飾ることにする。それにひとりでお留守番してもらってるけど、コウちゃんはもうひとりやないんよ。姉さんではまだもの足らんかもしれんけど」

コウ太は寂しくていたずらをし、花瓶をひっくり返したのではないかと思う。

「嫌なときはシャーッて言うてもいいねん。でもコウちゃんには姉さんがいるんやから」

子を持つことがなかった頼子にとってコウ太は、子どものように感じられるかと思ったらそうではなく、もう少し近しい姉弟のような、相棒のような存在に感じられる。もちろん家族だ。この子を幸せにするのは自分だと思う。が、逆にコウ太がそばにいることがこんなにもたのしいものなのかと、頼子のほうこそ幸せにしてもらっている感覚も芽生えている。なんといってもコウ太の「コウ」は幸福の「幸」なのだ。

これからは、わざわざ花を飾らなくてもいいような気もする。

ベッドから立ち上がり頼子は本棚の前に行く。頼子の目線辺りの段の一角に立ててある写真立てを手に取る。コウ太がはじめてこの家に来たときの写真だ。ベッドの上で丸くなっているが、見上げた顔はどこか緊張しているように見える。

これからはしょっちゅうコウ太の写真を撮ることになるだろう。だが毎年三月十日に撮った写真はプリントして写真立てに飾るのだ。

明日、あの子たちは卒業していく。その寂しさに慣れるころ、新しい中学に赴任し、不慣れな環境と人間関係のなかでしばらく過ごすことになる。何十年と続けてきた仕事でも、やっぱり怖いものだ。

けれどコウ太がいれば、これまでとはぜんぜんちがう気持ちになれるような気がする。唯島さんが教えてくれたように、見えなかったはずのこの扉のむこうに、今よりもちょっとだけ幸せになる世界が広がる。コウ太にとってそれが頼子との暮らしでああることを望むし、頼子のほうも、コウ太がいれば想像しがたい未来もたのしいものであるにちがいないと思える。

この写真立てが十五個を超えればいいなと思う。外に出さずに室内で飼っている猫の平均寿命は十六～十七歳だ。野良猫だと三歳～五歳というから、ずいぶんとちがうものだ。でもコウ太にはうんと長生きしてほしい。

いつの間に来ていたのか、頼子の足元にコウ太がいて、にゃああ、と甘えた声で鳴きながら頭を擦りつけてくる。その場にしゃがみ、コウ太の頭を撫でる。するとコウ太は目を細め、なんともいえない満足げな表情を浮かべる。わずかに開けた口のなかに小さな、ほんとうに小さな白い数本の歯が見える。なんてかわいらしいのだろうと、笑みがこぼれる。

よし。頼子は空いたほうの手で小さくガッツポーズをし「合格」と呟く。コウ太の相棒として自分は、一応合格なのだ、と。

リセット

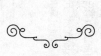

新津きよみ

NIITSU
KIYOMI

長野県生まれ。青山学院大学卒。旅行会社、商社勤務を経て87年、横溝正史賞最終候補に。翌88年に『両面テープのお嬢さん』でデビュー。女性心理サスペンスを多数手がける。2018年『二年半待て』で徳間文庫大賞受賞。近著に『始まりはジ・エンド』『なまえは語る』など。『ミステリな食卓　美味しい謎解きアンソロジー』『キッチンつれづれ』など、アンソロジー参加作品も多数。

1

カードキーをドアの指定された位置にかざしてみたが、解錠される気配がない。ドアから離して、もう一度強く押しあててみてもやはり開かない。焦る気持ちが生じ、指先が震える。カードキーを扱ったことがないわけではない。旅先でこの種のキーを使用するホテルには何度か泊まったことがある。

横山依子《よこやまよりこ》は深呼吸をすると、「大丈夫、できる」と、小さく声に出してみた。その上で一連の動作を繰り返す。今度は難なくドアを開けることができた。

カードキーを壁のポケットに差し込むと、広いとはいえない部屋に明かりが灯った。

バッグを目についた椅子に置くなり、シングルベッドに腰を下ろす。

生まれてはじめての一人旅。緊張がピークに達しているし、歩き疲れてもいる。シングルルームの部屋に泊まるのも、生まれてはじめての経験だ。昨秋長野県上田《うえだ》市の地を訪れたときは、夫の知宏《ともひろ》と一緒だった。そのときは、市内を観光したのちに、上田電鉄に乗って別所《べっしょ》温泉を目指し、北向《きたむき》観音近くの風情のある旅館に宿泊した。

年が明けて、知宏は体調を崩した。最初はたちの悪い風邪かと思ったが、あまりにも咳が長引くので医者にかかったところ、肺炎を起こしかけていると言われて、即入院になった。

「うちは長生きができない家系なんだ。親父が死んだのは五十四の年だったし、おふくろも六十二で死んだだろう？　もともと病弱だった姉は中学生のときに亡くなっているし、上背《うわぜい》もあってがっちりした体格の弟だって、ちょうど七十になる年に心筋梗塞で亡くなった。八十過ぎてのうのうと生きている俺がおかしいんだよ。もう充分生きたでしょう？　そう言って、親父やおふくろや姉貴や弟が迎えにくるころだってことだ」

病室で淡々とそう語った日の翌日、容態が急変して息を引き取った。享年八十一。

夫とは九つ年が離れていたから、夫のほうが早く天に召されることは覚悟していた。少し前の新聞記事に、日本人男性の平均寿命が八十一歳とあったのを思い出して、「早死にの家系で平均寿命まで生きられたのだから立派」と、自分の胸に言い聞かせた。

それでも、長年連れ添った夫との別れは、切なく、つらく、悲しいものだった。夫とは依子が二十四歳のときに知人の紹介で知り合い、結婚したから、四十八年間一緒に暮らした計算になる。

葬儀では喪主として涙を流し、清めの席では夫婦共通の友人と知宏の思い出を語り合って泣いた。名古屋《なごや》から上京して葬儀に参列した妹の晃子《あきこ》は、依子を抱きしめて、「お姉ちゃん、一人になっちゃって寂しいね」と涙ぐんだ。

夫婦のあいだに子供はいない。三十歳のときに妊娠したものの、流産してしまった。それきり、子宝には恵まれなかった。柴犬と黒猫を時期をずらして飼ったこともあったが、「ミミ」と名づけた飼い猫が死んだのが十一年前で、それ以降は夫婦二人きりの生活が続いた。

二人の共通の趣味は、旅と読書だった。知宏は歴史時代小説、依子は恋愛家庭小説と好きなジャンルは違ったが、旅に関しては、飛行機が苦手な点と船酔いしやすい体質が共通していた。それで、旅行はもっぱら国内旅行、それも鉄道を使う旅に限られた。

計画を立てるのは鉄道にくわしい知宏で、依子はあとをついてまわるだけだった。そのせいか、鉄道路線や乗った列車がまったく頭に入っていないばかりか、細部まで鮮明に記憶している観光地はない。

列車の中で駅弁を食べようとしたところ、知宏が割り箸を床に落としてしまったので、急いで食べ終えて、自分の割り箸を渡してあげたこと。買ったばかりのおみやげの袋を駅のトイレに忘れたことに気づき、列車に乗る直前にあわてて取りに戻ったこと……。不思議といま思い起こされるのは、そんなつまらぬエピソードばかりだ。

「お二人、いつまでもラブラブね」

「夫婦仲がよくていいですね」

旅行のおみやげを渡すたびに、友人知人にひやかされたり、羨ましがられたりした。

――夫婦二人きりだもの、仲よくしなくてどうするの。二人で助け合って、お互いを支え合って暮らしていくよりほかないじゃない。

依子は、心の中でそう言い返してきた。

子供がいないからこその夫婦の強い結びつき、固い絆を信じて疑わなかった。

それだけに、夫に裏切られたショックは大きすぎた……。

呼吸を整えたところで、バッグから折りたたまれた紙を取り出す。それを開いて机に置く。近くのコンビニエンスストアで買った缶ビールもその横に置いた。

一人旅はできても、一人で居酒屋に入る勇気までは振り絞れなかった。本当は、冷酒でも飲んで酔っ払ってしまいたかったのだ。酔わないとやってられない。そんな心境にあった。

喉を伝わる苦い液体が胃に染み入っていく。

「よし、東京に戻ったら提出しよう」

依子は、わずかにこみあげた迷いを吹っ切るために、声を張ってひとりごとを言った。

自分の気持ちを整理して、自分の意思を確認するための一人旅だった。役所で復氏《ふくうじ》届《とどけ》の用紙をもらってからずいぶんたつのに、提出する決心がつかずにいる。

――配偶者の死亡後に、復氏届を出せば、結婚前の姓に戻ることができる。

そういう知識を得たのは、まだ夫が健在のころだった。知宏が囲碁サークルに参加するために外出していたとき、たまたま観たテレビ番組の法律コーナーで紹介されていた。おもに夫の死後に夫の親族との精神的なつながりを絶つために、昨今、姻族《いんぞく》関係終了届とセットで提出する女性が増えている、と女性弁護士が語っていた。その手続きが「死後離婚」と呼ばれているとも。

四十八年間名乗っていた横山姓を捨てて、旧姓の園田《そのだ》に戻ることが、果たして自分を裏切った夫への復讐になるのかどうか。

わからない。けれども、すべてを捨ててしまいたい。リセットしたい。結婚前の園田依子に戻って、人生をやり直したい気持ちは強く持っている。

夫の死去に伴い、相続関係の手続きのために夫の戸籍謄本を取り寄せた結果、判明した事実。

夫には隠し子がいたのだった。

2

「驚いた。あんな誠実でまじめそうな人に隠し子がいたなんて」

晃子は書類を見ながら、腹の底から絞り出すような声で言った。

「正確には、非嫡出子とか婚外子とか呼ぶみたいだけど」

「法律用語なんかどうでもいいよ」

遠慮がちに返した依子に、晃子は鼻息荒く切り返した。

「子供の存在をお姉ちゃんに隠していたんでしょう？　だったら、お姉ちゃんを裏切ったってことじゃない」

言われなくてもわかっている。知ってからずっと、裏切られた憤りや悔しさを抑えきれずに悶々としている。自尊心を傷つけられたのだ。この恥ずかしい事実は自分の胸だけにしまっておこうとも考えた。だが、妹には秘密にしておくわけにはいかなかった。葬儀から二か月が過ぎ、「そろそろ家の名義変更を含めて、相続の手続きを始めたほうがいいんじゃない？」と電話で促されたとき、夫に子供がいた事実をはじめて打ち明けたのだった。

晃子は、電話の翌日にはこうして血相を変えて上京してきた。居間に入るなり、依子がお茶を出そうとしたのも拒否して、テーブルに向かい合って座ると、「お義兄さんの戸籍謄本ってのを見せて」と要求してきたのだった。

「それにしても、どうしていままで気づかなかったの？」

「戸籍なんか見る機会がなかったから……」

晃子の性格からしてある程度予想はしていたものの、こちらを責めるような口調に、依子はたじろいだ。海外旅行をしなかったからパスポートを取得する必要もなかったし、子供がいれば、就職や結婚で、役所に行って戸籍謄本の類をもらう機会があったかもしれないが、そういう機会もなかったのだ。戸籍謄本の類が必要とされる場面が生じたとすれば、それに対応していたのは依子ではなく知宏だった。

「そういうことを言っているんじゃないの」

明らかに、晃子は依子を責めていた。

「お姉ちゃんが鈍感すぎるって言ってるの。五十年近く一緒に暮らしていれば、普通は何かおかしいって気づくものじゃないの？」

「そういえば、少し思いあたることはあるけど」

と、依子は、心に引っかかっていたことを話した。

知宏は、とくに池波正太郎《いけなみしょうたろう》の小説が好きだった。そこで、昨秋の旅行先に、彼が前々から行きたがっていた「池波正太郎　真田太平記館」のある上田市を選んだ。

『真田太平記』は、戦国時代から江戸時代にかけて上田の地を治めていた真田氏を描いた歴史長編小説で、池波正太郎の代表作の一つとされる。館内に展示された、作家が愛用していたという文房具などの品々を見ていたとき、「池波正太郎は絵心もあったんだなあ」と、知宏が感嘆の声を上げた。そこには、作家の直筆による風景画や、それらが印刷された絵葉書が飾られていた。売店で絵葉書を何枚か買ったあと、昼食をとりに近くのそば屋に入った。

テーブルに並べた絵葉書を、知宏はしばらく見つめていた。

「そんなに気に入ったの？」

「ああ。俺は絵がとんでもなく下手だからさ、うまく描ける人が羨ましくてね」

知宏は、笑って答えた。そして、緩んだ頬を引き締めると、「依子。こんな俺と長年一緒にいてくれてありがとう」と、唐突に頭を下げた。

「何よ、あらたまって」

恥ずかしくなった依子は、「こちらこそありがとう」と口にせずに、「ほら、おそばがきたわ。伸びちゃうから食べましょう」とはぐらかしてしまった。

「そのとき、お義兄さんは、隠し子のことを告白しようとしていた気がするの？」

「いつもと様子が違ったから、何か重要な話を切り出すつもりだったのかも、と思ったの」

何かもっと思い出すことがあるかもしれない、とはじめての一人旅に上田を選んだのである。

「そうかな」

晃子は、疑わしそうな目を向けてきたが、急に脱力したように背を丸めて言葉を続けた。

「でも、まあ、そういえば、お義兄さんは本当に絵が下手だったよね。うちの子たちが小さいときに、チラシの裏に描いてくれた絵。妙に首の長いライオンとか眉毛のある犬なんか描いちゃって、みんなで大笑いしたっけ」

「ああ、そうだったね」

依子もつられてちょっと笑ったものの、すぐにその笑いを引っ込めた。

三つ違いの晃子は、依子より四年遅れて同郷の名古屋の男性と結婚した。翌年には男の子、三年後には女の子、その二年後にも女の子、と三人の子供に恵まれた。体格も体質もそんなに違わないのに、なぜ自分は子宝に恵まれないのだろう、と順調に妊娠出産を繰り返す妹に嫉妬の感情を抱いた日々もあった。

「話を戻すけど、本当に何も気づかなかったの？　この人たちに心あたりはないの？」

と、晃子が険しい表情になって聞いてくる。

この人たち、と言われて、依子は書類に目を落とす。

知宏の戸籍謄本の身分事項の欄には、知宏が認知した子として「進藤桃子」という名前が記されている。その下の【認知した子の戸籍】の部分には、住所が書かれ、最後に「進藤奈津江」という名前があるから、こちらは母親なのだろう。

文書で知らされた二つの氏名を見ても、何の感情もわきあがってはこない。ひたすら胸にこみあげてくるのは、死ぬまで黙っていた夫への「なぜ」という疑問と、これほど大きな隠し事をされていたことに対する恨みや憤りの感情のみだ。

「お義兄さんは、この進藤奈津江《しんどうなつえ》って女と、深い関係だったってことでしょう？」

と、晃子は、かぶりを振るばかりで何も答えない依子に苛立ったように言い、言葉を重ねる。「認知日の日付からすると、桃子って娘は、いまはたぶん三十八歳くらいになっているのね。結婚して姓が変わっているかも。ここにある住所は、母親の本籍？　これが現住所ってことかしら」

欄には、宮城県仙台市青葉区《せんだいしあおば》以下、町名と番地が記されている。

「わからない」

今度も、依子は首を横に振る。「法律を調べてみたんだけど、戸籍の附票という書類を役所に請求すれば、認知された子の現住所を教えてもらえるみたい」

「なるほどね」

と、晃子は、大仰にため息をついてみせると、早口になって話を続けた。「連絡がつかなければ、遺産分割協議の場にも呼べないわけだしね。現住所は、役所を通せば追跡できるようになっているはずよ。で、お姉ちゃん、この進藤桃子って子といつ連絡をとるの？」

「いつって……」

「遺産の相続税が発生するとなれば、相続税の申告は、お義兄さんの死後十か月以内にしないといけないのよ」

「遺産といっても……」

依子が言いかけた言葉を、晃子が、わかってる、というふうに手で制しながら言葉を引き取る。

「お義兄さんが亡くなったら、全財産をお姉ちゃんに譲る、そういう遺言書があるのは、もちろんわたしも知ってるよ。そのことは横山家だって承知しているんでしょう？」

「ええ」と、依子はうなずいた。

後期高齢者の年齢に達したのを機に、遺言書のことを言い出したのは、知宏だった。

「うちには子供がいない。どちらかが死ねば、もう双方の親はいないから、遺産は配偶者とそれぞれのきょうだいに行く。俺のところは、弟が他界しているから、代襲相続という形で二人の甥に行くことになる。しかし、甥たちは二人とも堅実な家庭を築いて、自分たちの力で充分やりくりできている。うちの遺産などあてにしなくてもね。まあ、あてにするほど多くもないけどさ。遺言を書くことは、甥たちにも話して了解を得ている」

知宏にならって、依子も妹の晃子に「わたしが死んだときは、子供のいないわたしの財産は知宏さんに全部」という話を切り出したのだった。晃子からも「それはもちろん、そうしてちょうだい」という返事をもらっていた。

「だけどね」

と、晃子は語尾を上げると、眉をひそめた。

「お義兄さんが認知した子供がいたとなれば、話は全然違ってくる。『全財産を妻に譲る』という遺言があっても、子供には遺留分を請求する権利があるから、あっちが請求してくれば渡さないわけにはいかない」

「あ……そうなの？」

「そうなの、じゃないよ。そうなんだから。お義兄さん名義の預貯金、この家と土地の不動産や株券などを加えて、全部でいくらになるの？　全額お姉ちゃんが相続できるわけじゃないんだよ」

「法律がそうなら、そうしなくちゃね」

「何をのんきなこと言ってるのよ。会ったこともない女に財産の一部をとられちゃうんだから。その女は、ちゃっかりお金だけもらって、将来、お姉ちゃんに何かあっても、面倒なんか見やしないと思うよ。そりゃそうだよね。だって、会ったこともないんだから。だけど、わたしの子たちは、一人ぼっちになったお姉ちゃんの面倒をいつ見ることになるかわからない。わたしだって、もう立派な高齢者。子供たちは年老いた母親に加えて、伯母さんの介護も視野に入れないといけない。将来、施設に入ることになるかもしれないから、その費用も含めて財産はなるべく多く残しておいたほうがいいでしょう？　それなのに、ちゃっかりお金だけもらったその会ったこともない進藤桃子って子は、そういう面倒なことは一切しなくていいわけだし、責任なんか持たなくていいわけよ。そんなの、不公平だと思わない？　厚志《あつし》の長男、来年大学受験で東京に出てくるかもしれない。そのとき、お姉ちゃんにお世話になるかもしれない。そんなとき、お義兄さんの実子が現れて、いままで日陰の身でいた反動で、親戚面していろんな要求をこっちにしてきたとしたら、どうする？　その子に男がいて、いろいろ細かく口出ししてきたりしたら。お姉ちゃん、困るよね。会ったこともないそんな女よりも、かわいい甥や姪のほうが大事でしょう？」

口角に唾液の泡をこしらえて、興奮ぎみにたたみかける晃子の様子を、不思議なほど冷静な目で見ている自分に依子は気づいた。

進藤桃子。そう、会ったこともない女である。が、会ったこともない女ゆえに、何の感情もわいてこないのである。恨みも憎しみも悔しさも。それらの感情は、真実を告げずに死んでいった夫に、まっすぐ向けられていた。

「進藤桃子の現住所がわかり次第、教えてちょうだいね」

晃子はそう言い置いて、夕方の新幹線で名古屋に帰っていった。

明日にでも役所に行って手続きをしなければと思うものの、気が進まない。妹にたたみかけられた言葉の数々が、重しをつけられたように胸の奥底に沈んでいる。

――そうか、わたしは本当に一人になっちゃったんだ。

夫という大きな存在を失った女の悲哀が身に染みた。

血のつながった妹でさえ、自分を邪魔者扱いしている気がする。いつまで自分の足で歩けるかわからない。いつまで自分の手で食事を作れるかわからない。その日がいつくるかはわからないが、将来、年老いて自分の足で歩けなくなり、自分の手で食事を作れなくなったとき、血縁関係にある甥や姪の助けを求めなければならないのだろうか。

3

依子は、食器棚の引き出しから復氏届の用紙を出してくると、テーブルに置いた。

決意を固めるために上田へ一人旅をしたはずなのに、まだ心が揺らいでいる。

復氏届は、夫の死後、姻族関係終了届とセットで提出されることが増えているというテレビの情報を改めて思い出す。

——夫の親族ばかりか、わたしの親族とのつながりも絶てればいいのに。そしたら、誰にも迷惑をかけずにすむ。名古屋にいる妹にも甥や姪にも、疎遠になっているいとこたちにも。誰の重荷にもなりたくはない。そんなことをぼんやり考えている自分に気づき、ふっと弱い笑いが口元に生じた。

とりあえず、記入だけでもしなくては。そう思って、キッチンカウンターの隅に置かれた鉛筆立てから一本のボールペンを抜き取り、依子は、と胸をつかれた。

無意識につかんだボディが真珠色で金具が銀色のボールペン。それは、化学メーカーに勤務していた知宏が、定年退職の記念に会社から贈られたものだった。使わずに放置されていたのを見て、「ねえ、これ、わたしが使ってもいい？」と、知宏の許可を得て使い続けてきた。依子は身体に比べて手が大きい。太めのボールペンではあるが、手にしっくりおさまり、指先になじんで持ちやすく、書きやすい。インクがなくなれば、銀座の伊東屋まで行って替え芯を購入した。

夫のボールペンで、夫への復讐のために復氏届に記入しようとしている。

——何て皮肉な、何て滑稽な光景なのだろう。

苦い笑いがこみあげてきた。

依子は、復氏届の用紙をたたみ直すと、席を立った。

知宏に隠し子がいたとわかったショックから、夫への嫌悪に現実から目をそらしたい気持ちも重なり、遺品に手を触れたくない気持ちを引きずっていた。けれども、夫の持ち物から進藤桃子に関するものが出てくる可能性もあるのではないか、と思い至ったのだ。気性の激しい晃子には言わなかったが、会社員時代、知宏は転勤こそしなかったものの、地方への出張は頻繁にあった。福岡や山口へも出張を重ねたし、東北地方にも通った。仙台へも何度か出張したのではなかったか。

――そこで、進藤桃子の母親、進藤奈津江と知り合ったのかもしれない。

依子は、知宏が書斎として使っていた部屋に入った。

4

「では、これで通常総会をお開きとさせていただきます」

理事長の挨拶で閉会となり、席を立つ人たちが続いた。居住者たちがぞろぞろとマンションの集会場から退出する。

「進藤さん、お疲れさまです」

と、理事長に労《ねぎら》われて、進藤桃子も席を立った。長テーブルに広げていた資料をまとめて、鞄にしまう。集会場での通常総会は、思ったよりも時間がかかった。次の予定が控えている。

「私の説明は、あれでよかったですかね」

桃子の隣に座っていた造園会社の男性が、理事数人と管理会社の担当者だけになった部屋でため息混じりに言った。

「ええ、充分ですよ。ありがとうございました。みなさん、理解してくれたじゃないですか。あの気むずかしい山田《やまだ》さんだって、納得されていたご様子でしたし」

恰幅のいい七十代くらいの理事長はにこやかに言い、「本当にお疲れさまでしたね」と、労いの言葉を彼にもかけた。

「しかし、私は大勢の前で口頭で説明するのは苦手なものでね。ほら、いつも黙々と手を動かすだけですから」

と、理事長と同世代に見える造園会社の男性は、謙遜ぎみに言って両手を揉み合わせた。その手は黒光りするほどに日に焼けている。

桃子は、総会の様子を思い起こした。理事長が「前年度の収支計算書について、何かご質問やご意見はありますか？」と尋ねたのに対して、挙手と同時に席を立ち、部屋番号に続けて山田と名乗った居住者が疑義を呈した。「この植栽保守費というのは、本当に必要なものなんでしょうか。年間七十万円近くかかっているけど、伸びた枝を切ったり、草取りをしたりするのに、こんなに費用をかけなくても、住民がボランティアでやれば事足りるのではないでしょうか」と。

それに対して、まるで質問を予想していたかのように列席していた出入り業者の造園会社の男性は、こう応じたのだった。

「樹木の種類や剪定《せんてい》の仕方などに関しての専門的な知識がないと、植栽の適切な維持や管理は困難なものなのです。戸数が百二十規模のマンションとしては、決して高い維持費ではありません。同じ規模のマンションと比較した表もお持ちしました。作業には専用の器具や道具が必要で、それだけのものを個々に用意するのも大変ですし、作業時間もとられます。怪我のリスクも伴います。私どもは害虫や危険なハチに対しても、万全な安全対策をとって作業を行っています」

造園会社の男性の説明を受けて、「植栽をきれいに保つのも、景観のよさにつながります。私たちが住むマンションの資産価値を下げないためにも、今期もこの予算は確保したいと思います」と理事長が結ぶと、出席者のあいだから拍手が起こった。

「進藤さんのご説明も説得力がありましたよ。こういう場には慣れておられるようですね」

「そうですか。ありがとうございます」

理事長にほめられて、素直に礼を言う。

ゼネコンの設計デザイン部に勤務する桃子が呼ばれたのは、昨年、このマンションのエントランスホールの改装デザインを依頼されたからだった。

さいたま市大宮《おおみや》区に立つ築三十二年の中古マンション。外壁塗装などの大規模修繕が行われたのは一昨年だったが、予算が足りずに、エントランスホールの改装は去年にずれこんだ。

改装にかかる費用は事前に理事会で承認されたはずだったが、それに文句をつけた住民がいた。その住民――山田さんを納得させるために、「適正なリフォーム価格です」と示すための材料を揃えて臨んだのだった。「玄関を入って正面の壁に、図書館の本棚みたいなのを並べなくてもいいんじゃないの?」とデザインにケチをつけられて、桃子はこう説明した。

「造りつけの本棚を設置し、洋書を絶妙な間隔で飾り、知的で落ち着いた空間を演出するのは、現在のインテリアデザインの主流でもあります。地震がきても飛び出さない設計も施されております。このデザインを採用し、当社が改装を担当したあるマンションでは、周囲の中古マンションが総じて値下がりしている中で、価格が下がることなく、高評価をいただいております」

そして、そのマンションのエントランスホールの写真を提示することによって、気むずかしいという山田さんを黙らせるのに成功したのだった。

「では、失礼します」と、桃子は集会場を出た。一人になった途端、額から汗が噴き出た。仕事ではプレゼンテーションを何度も経験しているから、人前でしゃべるのには慣れている。

だが、今日は勝手が違った。気がかりなことがあり、集中力を欠いた状態だった。予約したクリニックに向かう。クリニックに近づくにつれて、心臓の鼓動が激しくなっていく。

桃子は、先月受けた乳がん検診で、「要精密検査」という通知をもらった。マンモグラフィとエコー検査の結果だった。その後、組織検査を行うために乳腺外科のあるクリニックを受診した。あれから二週間、今日、その病理診断の結果が判明する。

5

ベッドにあお向けに寝転がると、「よかった、よかった、よかった」と、桃子は天井に向かって何度も「よかった」を繰り返した。

病理診断の結果は、「異状なし」だった。担当医に「問題ありませんね」と言われた途端、胸が安堵感で満ち溢れ、思わず涙ぐんだ。クリニックからの帰りにスーパーに寄って、ふだんは飲まない高級シャンパンまで買い込んだくらいだ。

起き上がり、夕飯のしたくをする。主食はスーパーで割引になっていた巻き寿司で、冷蔵庫にある野菜に生ハムを載せてサラダを作る。そこに、インスタントのコーンスープをつける。おかしな取り合わせだが、一人きりの食卓だから気にしない。これでいい。

そして、「主役」のシャンパンを開けて、背の高いグラスに注いだ。グラスだけは専用のいいものを揃えている。五脚セットなのに、使うのはいつも一脚だ。もっとも、一年前までは、二脚使用していた。だが、そのグラスでスパークリングワインを飲んでいた男は、いまは海の向こうにいる。もう二度と二脚目を使う日は訪れないだろう。

「進藤桃子の健康に乾杯」

リビングダイニングの壁に取り付けた鏡に映った自分に、高らかに乾杯の音頭をとってみせる。

口にしたシャンパンは、かつてないほどおいしかった。グラスの中をしゅわしゅわと立ち上る透明な泡を見つめているうちに、目尻からもその泡のごとく涙の粒がこぼれ出てきた。

——わたしはこれから、あと何度、ここ何日かのように不安でたまらない一人きりの夜を過ごすのだろう。

今年に入ってすぐに三十八歳の誕生日を迎えた。来年は三十九歳。三十代最後の年。その一年後は四十代に突入する。ずっと健康体でいられる保証はない。

——子供は……。

年齢的にもう子供を望むのは諦めたほうがいいのか。

——年齢とともに卵子は老化していきます。

——妊娠率は年齢とともに低下していきます。

一日一日老いていく自分の肉体。マスコミやインターネットからの情報に煽られ、焦りを募らせた。そして、昨年、六年間つき合った男と別れたあと、卵子凍結を行う決断をした。インターネットで卵子凍結の実績のあるクリニックを調べて、都内のクリニックで採卵してもらうことに決めた。

指定された日に行って検査を受けたり、日に一回お腹に自分で排卵誘発剤の注射を打ったり、採卵日に合わせて休みをとったりと、想像していた以上に時間をとられたし、身体に負担もかかった。金銭的な負担も大きく、採卵のあとの保管にも費用がかかり、全部で百万円近くかかったのではないか。

それもこれも、「いつか子供を産む日がくる」と信じたかったからだ。だが、その「いつか」は一体、いつくるのだろう。こないかもしれない。

桃子はシャンパングラスを手に、都内某所で厳重に保管されている、採取した自分の十九個の卵子に思いを馳せた。

――わたしの卵たちは、いつまであの場所に居続けるのだろう。

このままパートナーとなる男性が現れなかったら、いずれ、使われないままに廃棄されてしまうのだろうか。冷蔵庫の中の賞味期限切れの鶏卵のように。

不安な思いを手で振り払うようにした瞬間、シャンパングラスに指があたって倒れた。テーブルの端に置かれたままだった郵便物の一部が液体で濡れた。マンション一階の郵便受けから取ってきた郵便物のほとんどが通販カタログだ。カタログとカタログのあいだに白いものがのぞいている。

引き出してみると封書だった。いまどき封書で連絡してくる人間なんているのか。

母亡きあと、そういう人物に心あたりはない。

ボールペンの繊細な字で宛名が書かれており、封筒を裏返すと、ひとまわり小さな字で差出人名が書かれている。東京都北区赤羽《あかばね》の住所のあとに「横山依子」という名前があった。

6

客人が手みやげに持ってきたクッキーが入った紙袋を手に、桃子はカウンターを回ってキッチンに入った。紅茶をいれてソーサー付きのカップで持っていく。マイセンの陶器のティーカップは、食器棚の上段から久しぶりに取り出した。

「お邪魔して本当によかったんですか？　今日は、お休みの日だったんでしょう？」

客人——横山依子は、玄関先でも口にしたセリフを繰り返す。

「予定はとくに入っていませんでしたから。よかったら、どうぞ」

桃子は、テーブルに置いたティーカップを、軽く押し出すような手振りで勧めた。

「いただきます」

と、横山依子は、それが気持ちを落ち着かせる作法であるかのように、カップを手に取ったまま小さくお辞儀をしてから口をつけた。

「あら、レモンが効いていて、おいしい」

おいしい、と言って顔を上げた横山依子と、桃子の目が合った。紅茶にレモン汁を数滴垂らす飲み方は、桃子と交際していた男の共通の習慣だった。無意識のうちに、客人に出す紅茶にも我流の飲み方を押しつけていた。が、横山依子は、頓着せずに「おいしい」と言ってくれた。

「それにしても、こんなに近くに住んでいたなんて」

カップをソーサーに戻して、横山依子が言った。「東京の赤羽と埼玉の与野《よの》だから、すごく近いってわけでもないけど、戸籍謄本の住所には仙台市とあったでしょう?」

「高校までは仙台に住んでいました。大学進学のために東京に出てきて、いまの会社に就職したんです。十年前に東京からこちらに引っ越してきました」

「どんな会社に?」

「建設会社です」

会社名を聞かれたので答えると、「まあ、大きな会社じゃないの。いい会社に就職できてよかったわね」と、横山依子は、まるで親戚のおばさんのような口調で返してきた。

会話が途切れ、桃子は、唇を湿らせるために自分のいれた紅茶に口をつける。

視線を上げると、横山依子のきまじめな表情にぶつかった。

「こちらにうかがった目的が目的だから、早速本題に入らせていただくけど」

横山依子は、そう前置きをして、どう言葉を継ごうかと思案するように目を宙に泳がせる。

桃子は、客人がよこした手紙の文面を思い出していた。

前略　突然のお便りで驚かせてしまい、すみません。わたしは横山依子と申します。今年二月に亡くなった横山知宏の妻です。夫の死後、戸籍謄本を見て貴方の存在を知りました。遺産相続に関してお話しする必要が生じましたので、一度お会いできればと思います。次のところまで連絡をくださるとありがたいです。よろしくお願いします。

草々
横山依子

短い文面だった。横山知宏と桃子の関係には言及していない。

手紙を読んだ桃子は、記されていた電話番号にかけてみた。一度目は留守で、二度目の電話でつながると、「どこでお会いしましょうか」と、面会場所に迷っている相手の様子を見て取って、桃子のほうから「わたしの家にいらしていただけませんか？

与野のマンションです」と提案したのだった。横山依子の自宅周辺を隠し子がうろつくのはまずいだろう、と気遣ったのだ。

「このマンションは、桃子さんがお買いになったの？」

横山依子は、あからさまに「夫の遺産の分割についてですが」などとは切り出さずに、遠回しに桃子の資産状況をうかがってきた。住宅ローンの有無も気になったのかもしれない。

「いいえ、賃貸です」

「駅から近いし、この広さだとお家賃がお高いのでは？」

「安くはありませんが、何とか払えています。職場にも通いやすいですし、快適な環境で気に入っているんです」

そう答えたあと、「大丈夫です」とつけ加えてみた。ご心配なく、という意味だった。築二十年、2LDKの広さの中古マンションである。

横山依子は、質問を続けずに躊躇しているように思えたので、「わたし、横山知宏さんの遺産をいただくことはできません」と、桃子からはっきりと拒絶の意思を伝えた。

「それは……放棄する、という意味かしら」

「はい」

「そう」

横山依子は、短く受けて小さなため息をつくと、「実は」と、深刻な状況や真実を告白するときに使う言葉へとつなげた。「主人は遺言を残していたの。自分が死んだときは妻のわたしに全財産を相続させるってね。だけど、法律的には、夫が認知した子には相続する権利があるのよ。遺留分を請求する権利がね。ああ、言い忘れたけど、わたしたちには子供がいないの。……って、とうにご存じだったかもしれないわね」

「その遺留分というのもけっこうです。放棄します。遺言を残されていたということは、ご主人の奥さまに対する誠意や贖罪《しょくざい》の表現とも受け取れます」

名前にするか、「ご主人」にするか、横山依子の配偶者の呼び方に迷う。

「そう」

横山依子は、また短く受けたまま黙っている。

「あの……本当に、ご存じなかったんですか？　わたしの存在を。ご主人から何も聞かされていなかったんですか？」

「ええ、ご存じなかったの。手紙に書いたとおり」

桃子の質問に、横山依子は敬語をそっくり受けて笑った。「ほんと、驚いたのよ。何ていうか、そう、青天《せいてん》の霹靂《へきれき》でね。ああ、あなた、青天の霹靂って漢字、書ける？」

唐突に聞かれて戸惑ったが、「青天は書けます。青色の青に天国の天ですよね」と桃子は答えた。

「霹靂は？」

「さあ。どちらも雨冠がつくとしか」

「わたしも書けないの」

「調べてみましょうか」

と、桃子は、つねに傍らに置いているスマートフォンを取り上げて、ハッとした。漢字検索をしている場合ではない。

「いまは便利よね。そういうものがあるから。携帯電話はわたしも持ってるけど、主人は持たなかったの。旅行のときも、わたしが持っていれば必要ないからってね。二つ持っていたら、失くす確率が高くなるからな、なんて言って」

「そうですか」

「主人とはときどき会っていたの？　連絡し合っていたの？　手紙か電話で？」

通信機器の話題に及んだところで、横山依子は質問を重ねてきた。

「最後に会ったのは、就職が決まったときです。志望した会社に就職できた祝いだと言って、レストランでごちそうしてくれました。それからは会っていません」

「手紙は？」

「もらってないです。電話も受けていません。母とそういう取り決めをしていたみたいです。本妻のご家庭のために」

本妻と口にするのがちょっとためらわれた。

「そう。……主人は、よくあなたの仙台の家に行っていたの？」

「最初の思い出は小学生のときで、ぬいぐるみを買ってくれたり、本をプレゼントしてくれたり、まるで、あしながおじさんみたいでした。高校まで年に数回顔を見せてくれたでしょうか。ご主人には……心より感謝しています」

「そうだったの。……主人は、ボランティア精神に富んだ人だったわ。わたしたちは子供がいなかったから、経済的にはよその家庭より多少余裕があったのかもしれない。社会福祉事業や児童養護施設への寄付も行っていたし、発展途上国の子供たちへの支援にも熱心だった。とはいえ……」

複雑な思いに駆られたのか、横山依子はそこで言葉を切ると、「あなたのお母さんは……」と話題を転じた。

「母は七年前に亡くなりました」

「そう。おいくつだったの？」

「六十四歳でした」

「それは、残念だったわね。まだお若いのに。生きていらしたら、わたしくらいの年齢ね」

「はい、子宮がんで二年の闘病の末、亡くなりました」

それがあるので尚更、乳がん検診で要精密検査となったときにあわてたのだった。

「桃子さんは、いま……」

「今年三十八歳になりました」

「そう。それで、まだ……」

「結婚はしていません」

先回りして、軽い口調を意識して答える。「つき合っている人はいましたけど、去年別れました。六年交際して結婚に踏み切れず、相手の海外赴任が決まって、ついて行くのをわたしが渋っていたら、割合あっさりと、じゃあねってバイバイされて終わりです」

「そうなの」

うなずきつつ、横山依子はバッグから折りたたんだ紙を取り出した。広げると、

「これね」と言ってテーブルに置く。

「復氏届……ですか？」

ひと目見て、役所に提出するような文書であるのがわかった。

「配偶者が死んだら旧姓に戻せるの。わたし、主人に裏切られたでしょう？　悔しかったから、死後離婚ってのをしてやろうかと思ったの」

「そうですか」

「でも、決心がつかなくて。記入しようとしたときに手にしたボールペンが、主人が定年退職した会社の記念品でね。復讐するつもりの相手のお祝いの品を持つなんて。そう思ったら、おかしくなっちゃって」

「横山さんの旧姓をうかがってもいいですか？」

不意に、死んだ母親と同世代のこの女性の旧姓がひどく気になった。

「園田なの。園田依子。横山になったら、姓と名前の最初が『よ』で、何だか落ち着かない気持ちになってね。結婚前にわかっていたことだったけど、姓のことなんてどうすることもできないじゃない。話題にするのもどうかと思って、何も言わなかったわ」

「そうですか……わたしはイヤでした」

と、桃子はきっぱりと意思表示をした。

「去年別れた人とは生活のリズムが合っていて、一緒に暮らしてもいいかな、と思ったこともあったんですけど、結婚の話になって姓をどうするかって段階になったら、『どっちの姓を名乗ってもいいよ』って。いまどきの、柔軟で寛容な人っぽいでしょう？　でも、うそなんです。いざ正式な書類を出す段階になったら、絶対『ぼくに譲歩するでしょう？』って言う人なんです。そういうずるいところが透けて見えて。案の定、海外赴任となったとき、女のわたしが仕事を辞めてついて来ないなら別れる。そういう話になって、破局しました」

気がついたら、ついべらべらと余計なことまでしゃべっていた。

「そうなのね。あなたもいろいろ苦労しているのね」

「苦労と呼べるほどじゃないですけど」

「ねえ、桃子さん。ＬＩＮＥしない？」

次からの連絡はこれで、と横山依子は、バッグから自分のスマートフォンを取り出した。

そして、桃子とＬＩＮＥの設定をし終えると、「じゃあ、また連絡します。今日のところは、これでおいとまするわね」と立ち上がった。

「亡くなったご主人……わたしの父と母の関係については、その……大丈夫なんですか？」

聞かなくてもいいのか、という意味で質問したのだった。

「もういいのよ」

さらりと答えて、横山依子は帰っていった。

7

大宮駅から東北新幹線はやぶさ号のグリーン車に乗り込むと、進藤桃子に促されて依子は窓側の席に座った。

席に落ち着くなり、「飲みませんか？　駅のコンビニで買ったんです」と、桃子が引き出したテーブルに缶ビールを二缶置いた。六月に入って、朝から真夏のような暑さに見舞われている。

「ありがとう」

遠慮せずにいただいておく。

仙台旅行に誘ったのは、依子のほうからだった。遺産相続を放棄した桃子への感謝の気持ちをこめて、新幹線はグリーン車で宿泊は高級ホテルのスイートルームという少しばかり贅沢な旅にした。旅行のことは、晃子には伝えていない。報告したのは、桃子が遺産に関して遺留分の請求をしなかったことだけだった。

断られるかと思ったが、桃子はあっさりと一緒に旅行することを承諾した。彼女に伝えたわけではないが、一番の旅行の目的は、桃子の生まれ育った地、彼女の母親の進藤奈津江と知宏の出会った場所を、この目で見るためだった。

「あの、復氏届は出されたんですか？」

缶ビールを開けた桃子から聞かれて、

「出すのはやめたの」

と、依子は答えた。

「主人に裏切られて、結婚前から人生をやり直したい、リセットしたい、なんて思ったこともあったけど、リセットしなくても、人生をその……」

「再構築すればいいんですよね」

選ぶ言葉に迷っていると、桃子が適切な言葉を見つけてくれた。

「そうね」

うなずいて、依子も缶ビールを開ける。

——わたしたちに同じような年恰好の娘がいたら、夫の死後、こんな感じで母娘旅行をするのかしら。

想像してみたが、いや、違う、とすぐに否定した。彼女は、亡くなった知宏の娘ではない。

知宏と桃子のあいだに血のつながりがないことは、知宏の遺品整理をしていて見つけた手紙を読んで知った。それは、書斎の机の一番上の引き出しから見つかった。その手紙は、一緒に旅する気分を味わうためにバッグに入れて持ってきている。

想像してみたが、いや、違う、とすぐに否定した。彼女は、亡くなった知宏の娘ではない。

血のつながりがなければ、認知は取り消すことができる。だが、認知取り消しの手続きを行うつもりはない。知宏が、進藤桃子を書類上実子としたという事実は消せないからだ。

年の離れた女友達。桃子とはそういう関係でいられたら、それがもっとも心地よいのでは、と依子は思っている。彼女が真実を知らないままでいたほうがいいとも。

＊

この手紙を君が読むのは、私が死んだあとだろう。遺言書を書いたあと、手紙も書いておこうと考えた。書かなくてはと思いながら、結局、書いたのは八十歳になってからだが、君にも伝えたとおり、我ながらこの年齢までよく大病もせず生きてこられたものだと思う。

最初に君に心から謝らなくてはならない。ずっと秘密にしてきたことを。

私には認知した子供がいる。進藤奈津江さんという女性の子で、名前は桃子。けれども、桃子と私に血のつながりはない。仕事で何度も仙台へ出張していたとき、接待で訪れたスナックで知り合った奈津江さんは当時妊娠しており、未婚の母になる覚悟をしていた。相手の男性は陶芸家で、彼にはフランス人の妻がいた。その男性とは私も面識があった。店に飾られていた花瓶に目をとめた私に、居合わせた彼が声をかけてきたのだ。けれども、とりたてて親密な仲になるわけでもなく、二度三度一緒に飲んだ程度のつき合いだった。そして、奈津江さんの妊娠の事実を知らないままに、その男性はパリに戻っていった。知らせる気はない、と彼女は言い張った。一人で産む、と。

同情の気持ちがなかったとは言い切れない。だが、彼女を支えたいとは思った。君も知っているだろうけど、私には無条件に芸術家を崇拝する傾向がある。対抗意識も多少あったかもしれない。

最初は、支援するような気持ちで、生まれた子の養育費を援助するつもりだった。生まれた子は女の子で、たまらなく可愛かった。この子の将来のためにも、父親の欄を空欄にしたくはないと思った。奈津江さんには反対されたが、私は押し切った。したがって、戸籍には認知の事実が記された。

「お父さんはよそに家庭があって、家にはあまり来られない。でも、あなたのことはすごく愛している」と、奈津江さんは桃子に伝えていた。桃子はお絵描きが上手で、とても利発な子だった。学校の成績もよかった。将来建築家になりたいという彼女の夢を叶えてやりたかった。君も承知していたように、私は社会福祉事業や発展途上国の子供たちの支援活動に力を入れていた。

「子供がいないわたしたちだからこそ、少しでも社会に貢献しましょう」と、君も理解を示してくれていたよね。支援の名目で、まとまったお金を桃子の教育費に充てさせてもらったりした。黙っていて悪かった。すまなかった。読み聞かせのボランティア活動を長年続けてきた君のことだから、たとえ真実を知ってもわかってくれるだろう、許してくれるだろうという甘えがあったのかもしれない。

桃子への援助は大学卒業までで、社会人になったら、君のためにも一切接触しないと決めていた。あちらもそれは了承していた。携帯電話を持たなかったのも自らを律する、そういう考えからだ。

いままで、何度も君に事実を告白しようと思った。だが、面と向かうと言い出せなかった。生きているあいだは、どんなに言葉を尽くしても信じてもらえないのではないか、うそをうそで塗り重ねるように聞こえてしまうだろう、と思ったのだ。君が子供を渇望していたことを知っていただけに、言い出すことができなかった。すまなかった。急に心の整理はつかないだろうが、できれば、近い将来桃子と会ってほしい。とても聡明ですてきな大人の女性に成長しているのは間違いないから。

8

缶ビールを自分より速いピッチで飲み進める横山依子をときおり見ながら、桃子は自分たちの不思議な関係について思いを巡らせていた。

――年の離れた女友達。

そんな関係を今後も築いていけたら、と思った。彼女の亡くなった夫、横山知宏が自分の本当の父親でないのはわかっている。桃子にとって知宏は、まさに「あしながおじさん」だった。深い仲でもないのに、子供の夢を叶えるために母子家庭を支えてくれた、家庭を持つ一人の奇特な男性。

けれども、桃子の母親の奈津江は、病床に就いてもその事実を認めようとはしなかった。「あなたのお父さん、横山知宏という人は、とてもやさしい人だけど、よそに家庭を持っていたから、自由に会うことはできなかったのよ」と、最後まで苦しいその説明をしていた。

しかし、桃子は、高校時代に母親が口にしたひとことから、ずっと違和感を抱き続けてきた。絵を描くことが好きで、学校の美術展などで何度も表彰された実績のある桃子は、将来、美大へ進むか、それとも建築デザインが学べる大学へ進むかで迷っていた。「あなたの芸術的才能は、お父さん譲りなのかもね」と、相談された母親がうっかり口を滑らせたのを聞き逃さなかったのである。

小学生時代、東京から出張で来たという知宏は、桃子に「お父さん、絵を描いて」とせがまれるままに、いろいろな動物を描いてくれた。お世辞にもうまいとは言えない動物画の数々。ウサギを描いても猫にしか見えず、猫を描いてもネズミにしか見えなかった。

母親の死後、遺品の整理をしていると、桃子が生まれる前の日付の手紙が出てきた。一人の男性が奈津江に送った手紙で、内容からして不倫関係にあった陶芸家の男性のようだった。インターネットでその男性の名前を検索してみると、フランス国内で活躍していた日本人の陶芸家の名前と一致した。その男性は、桃子の母が亡くなる数年前に現地で交通事故死していたこともわかった。

けれども、陶芸家の男性が自分の父親であるという確固たる証拠はない。同様に、母親の言葉がうそであると言い切れる自信もない。

それで、「父の持ち物」として保管されていたヘアブラシや備品から髪の毛を採取し、然るべき機関にＤＮＡ鑑定を依頼した。その結果、横山知宏と桃子との親子関係は九十九パーセント否定されたのだった。

親子関係が否定されれば、認知は取り消せる。しかし、そのことを依子に言うつもりはない。実子として戸籍に残してくれた知宏の意思を尊重したかった。

赤ん坊の泣き声で、過去を振り返っていた桃子は我に返った。斜め後ろの席で、若い母親が赤ちゃんをあやしている。

「あらら、可愛い赤ちゃんね」

依子も、つられてそちらへ顔を振り向ける。

赤ちゃんは泣きやまない。それどころか、いっそう激しく泣く。車両のどこかで咳払いが起こった。泣き続ける子供に手を焼いたのか、母親は立ち上がると、「すみません」と周囲に頭を下げて、我が子を抱きかかえながら通路を歩いてデッキへと向かう。

「わたしも、子供はほしかったけど」

依子が、母子の後ろ姿に視線を投げてぽつりと言った。

——子供ならここにいるじゃないですか。

と言おうとしたが、口にできなかった。わたしはこの人の子供でもなければ、この人が愛した人の子供でもない。

「子供がいない人生も、それはそれで楽しいものよ」

依子は、そんなふうに言葉を継いで、隣の桃子に微笑みかけた。

「そうかもしれません。一人は一人で、それもまた楽しいものですよね」

桃子は、そう受けて微笑み返した。そして、遠のいていく赤ん坊の泣き声を耳にしながら、解凍された自分の十九個の卵子が、風船のように大空に舞い上がってゆく光景を思い描いていた。

セッション

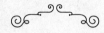

松村比呂美

MATSUMURA
HIROMI

福岡県出身。
二度に及ぶオール讀物推理小説新人賞の
最終候補ほか、多数の公募新人賞で入賞。
2005年『女たちの殺意』でデビュー。
著書に『黒いシャッフル』『鈍色の家』
『キリコはお金持ちになりたいの』
『終わらせ人』『ふたつの名前』
『幸せのかたち』などがある。

慣れない仕事の疲れを引きずるようにしてケヤキ並木の歩道を歩いていると、五十代に見える背の高い男性が近づいてきた。明らかにこちらに向かってきているが、メガネをかけた面長の顔に見覚えはない。

燈子《とうこ》は思わず立ち止まった。

「突然すみません。近くのライブハウスで、昭和の曲を主にカバーしているロックバンドのライブがあるんですが、急用ができていけなくなってしまいました。よかったら聴きにいかれませんか」

男性は、ソフトな口調で、淡いブルーのチケットを差し出した。

ライブハウスはすぐそこの路地を入った先にあるという。そんな所にライブハウスがあること自体知らなかった。

高いチケット代を請求される可能性もあるのに、丁寧な態度だったので、燈子はつい受け取ってしまった。

「代金は……」

男性をちらりと見た。

ゴルフ焼けなのか、ポロシャツから出た腕は小麦色に焼けているのに、左手の手首から先だけが少し白かった。

「とんでもない。楽しんでもらえたら嬉しいです。結構、人気のバンドなんですよ」

男性は微笑んで、駅のほうに歩いていった。

燈子は、その背中に向かって、「ありがとうございます」と呟いた。

歩道の端に寄って、老眼鏡を取り出してチケットをよく見ると、ブルーレビューというグループで、入場料は千二百円となっていた。値段からしてアマチュアバンドなのだろう。

スマートフォンでライブハウスを検索すると、最大収容人数五十名となっていた。ロックは観客が立っているイメージがあったが、椅子が並んでいるので座って聴くこともできそうだ。

今日はもう仕事が終わって家に帰るだけだし、待っている人がいるわけでもない。初めての体験は脳へのいい刺激になって認知症予防にもなると聞いたことがある。音楽を聴きにいったのは、二十代前半の独身の頃だけで、フォークソングばかりだ。七十歳でロックのライブを初体験するのもいいかもしれない。

自分の服装を確認してみる。ベージュ色のチュニックに黒いパンツ、白いスニーカー、ナナメ掛けのボディバッグ姿だ。

これなら、ライブ会場でも浮かずに済むだろう。ユニクロのボディバッグを愛用しているのは、流行《はや》っているからではなく、ナナメ掛けだと肩への負担が少ないし、体の前に持ってこられるので、中の物が取り出しやすく、ひったくり防止にもなるからだ。

髪はゆるい天然のウエーブがあるので、セルフカットでなんとか形になっているし、週に一度、リンスのかわりにカラートリートメントを使って白髪染めもせずに済んでいる。

実用面と節約面優先のスタイルだが、それが自分に合っていると思う。

三十分後に開演ということなので、すぐに教えられたライブハウスに向かった。

肩でひとつ息をしてから入口のドアを開けると、受付らしき机があって、若い女性が立っていた。

チケットをもらったので、とわざわざ言いわけしそうになったが、黙って渡した。

受付の女性は自然な対応で、「そちらからどうぞ」と手で示してくれた。

映画館にあるような厚い扉を開けて中に入る。客席は七割がた埋まっていた。

若い人ばかりではなく、燈子と同年代に見える人たちも結構いてほっとする。チケットをくれた男性は、昔の曲をカバーしているバンドだから燈子に声をかけたのだろう。

パイプ椅子だが、座面はクッションが効いており、座り心地は悪くなかった。

ステージには、マイクとキーボード、ドラムがセットされていた。

音楽は、ユーチューブでよく聴いているが、楽器は何もできないし楽譜も読めない。

席に着いてから、「ブルーレビュー」のことを検索しようと思っていたが、「携帯電話はマナーモードで」という張り紙が目についた。開演まではまだ時間があるが、電源を切ってスマホをバッグにしまう。

会場に知っている曲が流れていた。米米CLUBの『浪漫飛行』だ。

それからも次々に懐かしい曲が流れ、次第に緊張がほぐれてきた。

時計を見て、そろそろ開演時間だと思ったときに、スタレビの愛称で知られるスターダストレビューの曲が流れてきた。しかも、一番好きな『木蘭の涙』だ。

離婚して気持ちが沈んでいるときに、友人が励ますようにスタレビのCDをプレゼントしてくれたので、毎日聴いていた。特に、愛した人との別離を歌ったこの曲にどれだけ慰められたかしれない。

それを、こんなところで聴けるとは……。

あのときの、さりげない友人の優しさを思い出し、鼻の奥がツンと痛くなった。

開演時間ちょうどに出てきた四人の青年たちは、全員、タイトな黒いジャケットを着ていた。若い頃のビートルズのような雰囲気だ。

こういうライブはそれが普通なのか、挨拶もなく、いきなり演奏が始まった。力強いドラムの音が足元からビリビリと伝わってきた。

観客は一斉に立ち上がり、リズムに合わせて手を叩いているが、燈子は恥ずかしくて立ち上がることができなかった。

隣の席の三十代くらいの女性が、「立って楽しみましょう」と言いたげな視線を燈子に送ってきた。

もしかすると、恥ずかしがっているほうが、よほど恥ずかしいのかもしれない。

燈子も知っているグループサウンズの曲を続けて二曲演奏してから、「また来てくれてありがとう！」とメンバー全員が、大きく手を振った。

隣の女性は熱心なファンなのだろう。飛び跳ねるようにしてこぶしを突き上げ、それに応えている。

「そして、初めての皆さん、ようこそ！　ブルーレビューは、社会人から高校生までの四人のバンドで、昭和のヒット曲を中心にカバーしてます。オリジナル曲もありますよ！　月に一度、ここで演奏してるので、これからもドシドシ聴きにきてください」

ボーカルがマイクに口をつけるようにして、真面目に挨拶した。

そのあとで、それぞれの楽器でのメンバー紹介が始まった。

「ギター、リーダー、トミー！」

指さばきが見事なトミーは、この中では年長に見えた。

「キーボード、イケメン、リョウ！」

彫りの深い顔立ちで、しなやかにキーボードを弾いた。

「ドラム、最年少、タッキー！」

最年少というからには彼が高校生なのだろうが、スティックさばきは迫力があった。

「ボーカル、リック！」

三人のメンバーが声を合わせた。

リックはサックスも担当しているようだ。

オリジナル曲に入って、激しい演奏も増えてきた。それにつられるように会場はますます盛り上がっている。

オリジナル曲もどこか懐かしいメロディーだ。燈子も徐々に気分が高揚してきて、気づけば周りのみんなと同じように立ち上がっていた。

小さく手を叩いていると、キーボードのメロディーだけになり、静かな雰囲気が会場に漂い始めた。だが、誰も椅子に座ろうとしない。

隣の女性は、胸の前で手を合わせて期待に満ちた表情でステージを見ている。

静けさを破るように、タッキーがシンバルをスローテンポで叩き始めた。

同じリズムで繰り返されるシンバルの音で、会場の期待感が高まっているのが燈子にも感じられる。

何が起きるのだろうと固唾をのんでいると、タッキーのスティックが激しく振りおろされた。

スティックの動きがあまりに速く、目で追うこともできない。

重厚なドラムの音がダイレクトに心臓に伝わってきたような気がして、鳥肌が立っている。

燈子は両手を上げて、大きく左右に振った。誰の真似をしたわけでもない。自然と体が動いていた。

曲が終わると、隣の女性が、「『ソニック・ストーム』、すごいですよね！」と話しかけてきた。

あの迫力のある曲は、『ソニック・ストーム』というのか。

燈子は何度も頷いた。

鳥肌はまだおさまっていない。

ほんの二時間前まで、仕事の疲れをひきずるようにして歩いていたというのに、今こうしてロックのライブを楽しんでいる自分がいる。少しの勇気を出した、ちょっと前の自分に誇らしさを覚えていた。


ライブが終わって、高揚した気持ちのまま会場をあとにした。

頬に当たる風が心地よい。

仕事の疲れを取るのは、体を休めるに限ると思っていた。お風呂に入ってリラックスして、栄養のバランスのよい食事をとり、たっぷり寝る。それ以外にないと思い込んでいたのだ。

同じ職場の女性が、仕事帰りにフィットネスジムにいってエアロビクスをして疲れを取るのだと言っていたが、肉体を使う仕事をして、その上、ハードなエアロビクスなど、信じられなかった。

でも今は、少しだけ彼女の気持ちがわかる。疲れているはずなのに、体が軽く感じられた。

職場のある駅からJRの八王子《はちおうじ》駅まで電車に乗り、そこから徒歩およそ十二分でアパートに着く。家賃六万円の1Kで、七・五畳の洋室にキッチンという狭さだが、部屋の壁紙を好みの淡いブルーに替えたので気に入っている。

内装工事を多く手掛けているリフォーム会社に勤めた甲斐があった。

張りかたのコツもしっかり習得できたし、余った壁紙を格安で譲ってもらい、ローラーやシートヘラ、接着剤などの道具は古くなったものを無料で分けてもらった。

三年間勤めたリフォーム会社の前には、携帯電話会社の受付補助の仕事をしていたが、そこではスタッフの女性と親しくなって、スマートフォンにまつわるあれやこれやを教えてもらった。そのおかげで、同年代の人たちよりスマホを使いこなせている。ニュースもスマホで見ているので新聞も購読していない。無料配信されているドラマをスマホで見て、何かわからないことがあるとネットで検索し、聴きたい音楽はユーチューブで再生しているのでテレビも置いていない。

お得なシニア割を利用しているので、スマホの料金は安く、データも使い放題、電話もかけ放題だ。

スマホのことを教えてくれた携帯会社の女性には、お礼にトイレの壁紙を張り替える手伝いをして喜んでもらえた。彼女とは今でもＬＩＮＥでやりとりしている。

壁紙の張り替えを教えてくれたリフォーム会社の社長には、それ以前に勤めた、評判のよい総菜店で習得した太巻きをたくさん作って何度か差し入れをした。安くてどこでも手に入る具材で作っているのに、とても美味しい太巻きなので、作りかたを教えてもらいたいと思ってアルバイトにいったのだが、総菜作りの楽しさにはまって、そこでは五年間働いた。

無職だった期間はないが、臆病なわりに好奇心が旺盛で、興味の湧いた仕事を転々としてきたので、社会保障のないアルバイトも多く、国民年金と厚生年金を合わせても月額十万円という心もとない額だ。家賃をのぞけば四万円で、働かなければ東京の片隅でも生活できるものではない。

今の食品工場でのライン作業は、これまでのように何かを習得したくて始めたわけではなく、時給が高いので、少しでも貯金を増やそうと思って選んだのだ。体力が続く限り働くしかないと思っているが、休憩時間まで、ほぼ同じ場所に立ちっぱなしで、流れてくる弁当に同じ素材を並べ続ける単純作業は、動くのが好きな燈子にはつらかった。衛生管理を徹底しているので、おしゃべりもできない。終始無言だ。幸い、健康と体力だけは自信があるので、どんな仕事も最低三年間は続けると決めているのに、勤め始めて一カ月ですでに辞めたくなっている。

新しい仕事を探したほうがよい状況なのに、全身に伝わるドラムの重低音に魅了されて、気持ちがすっかりブルーレビューに向いている。

部屋に入ると、まずシャワーを浴びて、朝作っておいた煮物と味噌汁で簡単な夕食を済ませた。

普段ならスマホでドラマを見てから寝るというパターンだけれど、今日は、ネットで「ブルーレビュー」を検索する楽しみがある。じっくり見たくて家に帰るまで我慢していたのだ。

検索すると、最初にフェイスブックが出てきて、ライブの情報が書かれていた。第三土曜日に開催されているようだ。

燈子は休みを平日に取り、時給のいい土曜日と祝日は出勤しているので、食品工場を辞めなければ、今日のように仕事帰りにライブにいくことができる。

ホームページやブログはないようだが、ユーチューブに曲がアップされていた。

ブルーレビューオリジナルの『ソニック・ストーム』は、何度聴いても、ぐっと胸に迫るものがあり、繰り返し聞いた。ドラムが主役なのも好みだ。

最年少のタッキーのドラム、やっぱりカッコイイ。


翌日の日曜日は、本物のドラムを間近で見てみたくなって、八王子の繁華街までぶらぶら歩いた。

楽器店に入ったが、スペースを取るドラムは、取り寄せのみで、店頭には展示していないそうだ。でも、スティックや練習用のパッドなどは置いているという。

親切な店員さんがいろいろ説明してくれたが、もちろんドラムを買うつもりはない。そんな余裕はないし、置く場所もない。たとえ置けても近所から騒音でクレームがくるだろう。

でも、スティックだけでもあれば、椅子にクッションを置いて練習できるらしい。

どれも同じように見えるスティックだが、素材によって重さや握った感触、音も違うという。スティックの先の丸いチップの形もいろいろあるというが、そんなものがついていることすら知らなかった。

「一般的に人気のあるヒッコリーが扱いやすくておすすめですよ」と握らせてもらった。

軽くて持ちやすい。定番で初心者にも向いているというのだから、これにすればいいのだが、隣に展示してある、黒いオークのスティックが気になって仕方なかった。素材は硬い楢《なら》の木だという。

「迫力のある音が出ますけど、初めて使うとしたら、硬くて少し重いのではないでしょうか」

そう言いながら店員さんが渡してくれたスティックを握った途端、これだと思った。手にしっくりと馴染む。振ってみたが、重さも心地よかった。

燈子は手が大きい。中学、高校時代はバレーボールの選手だった。腕の力も強いほうだし、スナップをきかせることもできる。

「なんだか手に馴染むのですけど、初心者には無理でしょうか」

腕の力があるほうなので重さは気にならないと言うと、「それなら大丈夫ですね。気に入ったものが一番ですよ。これからの相棒ですからね」と店員さんは頷いた。

代金は二千円で、緩衝材で丁寧に包んでくれた。

ドラムの練習動画はネットにたくさんアップされていたので、スティックさえあれば、家で練習できそうだ。

しかし、練習してその先何がしたいのか、自分でもよくわからない。

ライブが楽しくてドラムに興味を持ったと話すと、店員さんが、「いいですね」と言って、近くにドラム教室があると教えてくれた。

「今日はレッスンがある日だから、見学にいったらいいですよ。知り合いだから僕が電話しましょうか」

教室に通ってレッスンを受けるなど、考えてもいなかったが、思わずうなずいていた。

スティックをボディバッグにさして、さすがに後ろに回した。前でばかり持っていたが、背中に掛けるのもなかなかいい感じだ。

店員さんが描いてくれた音楽教室の簡単な地図を持って楽器店を出た。

まさかドラム教室に通うつもり？　という声が自分の中から聞こえている。

燈子は四十五歳のときに、夫から、不倫していること、その女性との間に子供ができたことを告白された。しばらくはパニック状態で、泣き喚いたり物に当たったりして、中学生だった娘の前でも醜態を見せてしまった。

結局、娘が成人するまで月五万円の養育費を支払うという家裁の決定を呑んで、わずかばかりの慰謝料を受け取って離婚した。持ち家もなかったし、貯金も少なかったので、夫にしてみたら、精一杯のことだったのだろう。娘が成人するまで、月五万円の養育費は一度も滞《とどこお》ることなく振り込まれた。

途中から母子家庭になったが、ひとり娘の亜沙美《あさみ》は素直で優しい子に育ち、二十五歳のときに会社の同僚と結婚して男の子も生まれた。

しかし、娘婿は、夫と同じ轍《てつ》を踏んでしまったのだ。不倫相手に子供ができて亜沙美とは離婚、亜沙美は孫の陸人《りくと》を連れて家に戻ってきた。

男なんてしょうもないね、と言いつつ、亜沙美と陸人の三人で暮らしていたときが一番楽しかったかもしれない。

それなのに、陸人が六歳のときに、亜沙美は、妻子ある人と深い関係になった。

相手の家庭はすでに壊れており、近々離婚することになっている。陸人が小学校にあがる前だったら、名字が変わっても大丈夫だから、彼と結婚したいと思っている、と亜沙美に告げられた。そんな話をよかったねと聞けるはずがなかった。

ふたりとも、夫に裏切られて、あんなに苦しい思いをしたのに、不倫相手と同じことをしようとしているのかと、震えがくるほどの怒りが湧いてきた。たぶん、交際相手の妻より、燈子の怒りのほうが大きかったと思う。

自分のときのつらさとも重なって、どうしても亜沙美を許すことができなかった。

ひどい言葉を浴びせかけ、亜沙美を追い詰めた。亜沙美は、「お母さんがこわい」という言葉を残して、陸人を連れて家を出ていった。それきり、一度も連絡を取っていないし、亜沙美からも連絡はなかった。不倫相手と結婚したのかどうかも知らないままだ。

自分が拒絶した娘に会えなくても仕方がないと思っているが、孫にだけは会いたい。

陸人は、「ママより、ばあばが好き」と無邪気に言って、亜沙美を悲しませたことがある。テレビドラマを見たあとで、何を思ったのか、「ばあば、死ぬの?」と言って、号泣したこともあった。陸人は典型的なおばあちゃん子だったのだ。

保育園への送り迎えにつないだ小さな手のぬくもりを思い出す。陸人は、何度も燈子の顔を見上げて、はじけるような笑顔を見せてくれた。

十年も前のことをぼんやり考えながら、住宅地の中にある音楽教室に着いた。

駐車スペースも少ないようなので、近所の人たちだけに教えているのかもしれない。長年、大手の音楽教室で講師をしていた人だと楽器店の店員さんが言っていた。チャイムを鳴らして、楽器店の紹介できましたと言うと、奥さんらしき上品な女性が、防音ドアについているがっちりしたハンドルを回してスタジオに案内してくれた。

立派なドラムが二セット置かれ、ひとつは講師の男性が、もうひとつは、女性の生徒が演奏していた。

曲が終わったタイミングで、「滝山《たきやま》と申します。見学させていただいています」と言って頭を下げた。

「見学は、私のときじゃないほうがよかったかも。私、六十歳から始めてまだ一年なんですよ」

女性は「小野瀬《おのせ》と言います」と名乗って肩をすくめた。

ショートボブのかわいい雰囲気で、とても六十代には見えない。

小野瀬さんが個人レッスンを終えて、次の生徒がくるまでの間に、講師がドラムの基礎的な話をしてくれた。小野瀬さんも残って、初めて説明を受けるかのように熱心に聞いている。

「ドラムは、手の動きに注目されますが、足が八割、手が二割なんですよ。足のリズムに音楽をのせる、という感じです」

講師は何度か足をトントンと動かした。

燈子も真似て右足を動かしてみる。

「私は楽譜が読めませんけど大丈夫でしょうか」

「ドラムの譜面は特殊だから何も問題ありませんよ。シンプルですし、少しずつ覚えていけばいいですからね」

見学だけのつもりだったが、月謝やレッスンの曜日まで確認して、次の日曜日からレッスンをスタートすることになってしまった。

ぼうっとしたまま、小野瀬さんと一緒に教室の外に出た。

「来週からよろしくお願いします。私、なんだか勢いで入ってしまって……。小野瀬さんはどうしてドラムを始めようと思ったのですか」

家が同じ方向だとわかり、並んで歩きながら話をした。

「娘が長年ドラムをやっているんです。毎年演奏会にも参加しているのですけど、同居していた夫の両親の介護で、十年間、一度もいけなかったんです。一昨年続けてふたりを見送ったので、娘の演奏会にいったら、ほんとに楽しそうで……。すごく気持ちが上向きになって、それで、娘が通っているこの教室に電話して入会させてもらいました。私はさっきのレベルですけど、娘はかなりうまいんですよ」

小野瀬さんはスティックを勢いよく振る真似をした。

「もしかしてご自宅で介護されていたのですか？」

施設に入所していたら、娘が出ている演奏会にいくことはできるはずだ。

「娘が協力してくれましたから。主人も、翌日仕事がない日は、一番大変な夜の介護を交代してくれました。定期的にタンの吸引をしないといけなかったから、寝不足になるんですよね」

さらりと小野瀬さんは言ったが、夜中に何度も起きなければならない介護を何年間も続けるのは容易なことではない。

「十年間も、お疲れさまでした。小野瀬さんにいいことがたくさんありますように」

燈子は心からそう言った。

「そんなふうに言ってもらえるほどのことじゃないですよ。でも、ありがとうございます。私はみんなの協力があったから最後までがんばれましたけど、主人が、介護は女房のつとめだという人だったり、娘から、私には迷惑かけないでよ、なんて言われたりしたら、心が保《も》たずに、いち抜けたと言って逃げ出したかもしれません。主人の両親も、ありがとうと言ってくれる、いい人たちでしたしね」

小野瀬さんは笑顔で言ったが、燈子の心には、十年という言葉がずしりと残った。

「滝山さんは、どうしてドラムを始めようと思ったのですか？」

分かれ道で立ち止まり、小野瀬さんが同じ質問をした。

「道でもらったチケットで、初めてロックのライブにいって、ドラムのカッコよさに惹かれたんです」

一度しかライブにいったことがないのに、ブルーレビューのことを熱っぽく話してしまった。

「昭和の曲を中心にカバーしているバンドなんですか。もらったチケットがきっかけだなんてドラマチックですね。あの教室は、先生がベテランで教えかたも上手ですし、月三回で七千円の月謝はほかに比べて安いんです。私はレッスンが待ち遠しくて。滝山さんにも会えるから、ますます楽しみです」

燈子は、これから毎月の出費が七千円も増えるのかと不安になっていたが、小野瀬さんの言葉を聞いて、気持ちが少し楽になってきた。

「小野瀬さんがいてくださってよかったです。じゃあ、次の日曜日に」

手を振って左右に分かれた。

七十歳にして新しくできた友達だ。しかもドラム仲間。

まだドラムに触ったこともないのに、もう何年もやっているような気分になっている自分がおかしかった。

　アパートに戻って、キッチンのテーブルセットの椅子を二脚、向かいあわせに置いた。ひとつの上に固めのクッションを置き、もう一脚の椅子に腰を下ろした。両手でスティックを握って、ポンポンとクッションを叩いてみる。結構、それだけで雰囲気が出た。

　スマホスタンドにスマホを置いて、ドラム初心者練習動画を再生した。足のリズムの取りかた、簡単練習法など、多岐にわたる動画を無料で見ることができるのだからありがたい。中には、不器用な人が器用な人に追いつくための基礎練習まであった。体の動きや感覚を覚える練習のようだ。

　三十分ほど練習しただけで、うっすら汗ばんできた。

　クッションのドラムはなかなか優秀だったが、やっぱりタッキーが演奏していたようなドラムを叩いてみたい。

　お茶を飲みながらネットを検索すると、ドラムは両手両足を使うので脳トレにいいという記事を見つけた。リズミカルな振動もいい刺激になるという。

何か新しいことを始めようとするとエネルギーは使うが、これまで閉じていたドアをひとつ開けるのだから当然だと思えた。

翌朝の通勤は、いつになく足取りが軽かった。食品工場の最寄り駅から工場まではバス代節約と健康のために二十分かけて歩いている。

工場のライン作業の内容は頻繁に変わる。どの作業にも慣れる必要があるかららしい。トイレにいく人や体調が悪くなった人と交代するために、ラインリーダーがいつも全体を見てまわっている。リーダーの女性は、たぶん燈子より十歳は年下だと思う。

今日は、弁当の二カ所に緑色のバランを入れる作業だった。

最初のうちは弁当が流れてくるスピードに追いつけずに焦ることもあったが、しばらくすると逆にスピードが遅いと感じるようになってきた。

余裕ができたので、ブルーレビューの『ソニック・ストーム』を頭の中で再生しながら、体を左右に揺らし、膝でリズムを取った。バランもテンポよくお弁当の中に入れることができている。

頭の中はどんなことを考えてもいいのだと思うと、この仕事も続けられそうな気がしてきた。

午前中の作業を終えて、ユニホームを脱いでから休憩室に入った。

ひと月経っても、新入りは休憩時間中に質問攻めにあう。

七十歳でこの仕事を選んだのはどうしてか、これまでどんな仕事をしてきたのか、何人家族か、住んでいるのは一軒家か、ペットを飼っているかなど、このひと月で訊かれたことは数知れず。

今日はその手の質問はなく、代わりに、「なんだか楽しそうに作業してたわね」とラインリーダーに声をかけられた。

「頭の中に音楽を流しながらリズムを取っていたんです」

質問されたことには、ごまかさずに答えるようにしている。答えたくないことは、内緒ですとはっきり言っても、生意気だと言われない年齢になった。

訊くほうも、本気で知りたくて訊いているわけではなく、挨拶がわりなのだとわかっている。

家族はと訊かれて、娘と高校生の孫がいることも話したし、今はひとり暮らしで、年金が少ないので、体力が続くかぎり何かの仕事をしようと思っていることも話している。

「曲って何？」

「最近知った、ブルーレビューというアマチュアバンドの『ソニック・ストーム』という曲です」

答えながら持参した弁当の蓋を取った。早朝、多めに料理を作り、半分を弁当に入れ、残りの半分を帰宅してから食べる、というパターンを続けている。朝はトースト一枚と牛乳だけだ。

「滝山さん、カッコイイ！　なんだか感覚が若いわね。燈子という名前も、なにかを照らすみたいで素敵だしね」

「ほんと、姿勢もいいし」

みんな意外なほど好意的な反応だった。

姿勢がいいのは、背が高くて猫背になりがちなので、意識して背筋を伸ばしてきたからだと思う。

「音楽を流してもらったら、作業も楽しくなるかもね。今度、工場長に話してみようかしら」

ラインリーダーが、アイドルのように小首を傾げてみんなを笑わせた。

昼休みが終わって作業が再開してからも、燈子はスタレビとブルーレビューの曲を交互に頭の中で再生させながらライン作業を続けた。

明らかに作業効率がいい。前を見ると、ラインリーダーがリズミカルに体を動かしていた。彼女もきっと頭の中で何かの曲を流しているのだろう。

時間が経つのが遅いと感じていたライン作業が、少し楽しくなってきた。

翌日、工場に着いた途端、待ち構えたように「ちょっと来て」と工場長が手招きした。

あまりよい話ではなさそうだった。

事務所に入ると、立ったまま、「あんたね、入ったばかりで余計な口出しするんじゃないよ」と睨まれた。

「なんのことでしょう」

その目を見返した。睨まれても怖くもなんともない。背も燈子のほうが高いくらいだ。

「作業所に音楽をかけるように、リーダーに頼んだだろう。音楽なんか、集中して作業をしている人間の邪魔なんだよ」

喋りかたが乱暴なので、ますます横柄に見える。

人の手柄を横取りして工場長になったという噂を聞いたときは、そんな噂を流されて気の毒にと思ったが、本当かもしれないと思えてくる。

燈子はボディバッグからスマホを取りだし、昨夜検索したサイトを画面に出して工場長に渡した。

「読んでみてください。音楽が工場のライン作業にどれほど有効な効果をもたらすかを調べたサイトです。作業効率が上がって、作業所の雰囲気もよくなっているようです。従業員が明るい表情で楽しく作業したほうがミスも少なくなるのではないでしょうか。社長に提案していただいたら、スタッフのために前向きに取り組んでいるということで、工場長の株も上がると思います」

「生意気なことを」

そう言いつつも、工場長は熱心にスマホの記事を読んでいる。

「費用はそんなにかかりませんよ。『工場ＢＧＭ』で検索してみてください」

燈子は、作業に遅れますからと、工場長からスマホを取り上げて工場内に入った。

作業所に入る前に、入所室でブルーのユニホームに着替えて、キャップをかぶり、コロコロで埃を取って消毒を済ませるまでに十分はかかる。その後、クリーンルームでエアシャワーを浴びて作業所内に入るのだ。

今日の担当は、パックに入った煮豆を弁当に詰めていく作業だった。右端のコーナーに入れるだけなので簡単だ。

すでに持ち場についている同僚たちに軽く頭を下げてから、指示された場所に立った。

始業時間になってベルトコンベアーが動き始める。

作業に慣れると、頭の中で音楽を再生することができた。

みんな、会話もせず、目だけしか出ていない状態で黙々と仕事をしているのだから、音楽くらいかけてくれてもいいだろうと思う。

昼休みになり、一旦ユニホームを脱いで私服に着替えた。

一時間あるが、そのうちの二十分間はユニホームの着脱に取られている。トイレも済ませておかなければならない。移動もあるので、正味の休憩は三十分くらいだと思う。

雑談しながらお弁当を食べていると、工場長が、朝とは打って変わって機嫌のよい顔で休憩室に入ってきた。

「みなさんにいいお知らせがあります。作業環境改善のために、作業所内に音楽をかけてはどうかと社長に提案したところ、前向きに検討するという言葉をいただきました。たぶん実現すると思います。これからも仕事に励んでください」

工場長の発言に、拍手が起きた。

「昨日お願いしたばかりなのに、さすが工場長！」

ラインリーダーが持ち上げると、工場長は満足げに頷いて休憩室を出ていった。

あからさまな手のひら返しだが、すぐに社長にかけあって結果を出してくれたのだから文句はない。燈子の顔を見なかったところからして、バツが悪かったのだろう。

環境が改善されたら、この仕事を長く続けられると思う。

ライブハウスにもいきやすいし、時給千五百円の収入は今の燈子にとっては大きい。

午後からのライン作業は、もう音楽が流れているかのように、みんなどことなく楽し気だった。

作業が終了し、午後五時きっかりにベルトコンベアーは止まった。

着替え室でユニホームを脱ぎ、専用のボックスに入れる。洗濯は会社がやってくれ、翌朝、きれいになったユニホームを着ることができるのでいつも気持ちがよい。

今日一日のライン仲間に挨拶してから外に出た。

新緑がまぶしい。その葉を通り抜けてきた風が心地よく吹いている。駅まで歩くのも少しも苦にならなかった。

初めてのドラムレッスンの日は、気がはやって十五分も早く音楽スタジオに着いてしまった。

講師の奥さんにスタジオの入室許可をもらってから、頑丈なドアのハンドルを回す。力を入れて厚いドアを押すと、迫力のある演奏が聞こえてきた。

燈子は前回と同じように壁際に並んでいる椅子にそっと腰をおろした。

ドラムを叩いているのは肩まであるストレートヘアの若い女性だった。

スティックの動きが速い。すべてのドラムとシンバル、両方のペダルを駆使している。

エネルギッシュな演奏に、「ブルーレビュー」のタッキーを思い出した。

激しくシンバルを叩くときに、長い髪がサラサラと揺れて、それがまたカッコイイ。

レッスンが終わって自分用のペダルなどを片付けている彼女に、「すばらしかったです。しびれました！」と興奮して話しかけた。

「ありがとうございます。昨日、母から新しいかたが入ったと聞きました。小野瀬ひかりです」

ドラムを叩いているときはクールな印象だったのに、笑うとふんわりしたイメージになった。

「小野瀬さんのお嬢さんだったのですか。演奏会を聴きにいったお母さんがドラムを始めたくなるはずです」

「今は、母のほうがドラムにはまってます。時間があると足を動かして、膝を叩いてリズムを取っていますからね。私はあまり練習をしていないけど、母は真面目なんです」

燈子は深く頷いた。小野瀬さんは人生を真面目にまっすぐに生きている人だ。そして、それを苦にしていない。

これからレッスン日にひかりさんの演奏が聴けると思うと、ますますレッスンが楽しみになってきた。

その後、はじめてドラムの前に座った。それだけでテンションが上がっている。

講師がドラムの各部の名前やスティックの持ちかた、椅子の座りかたを教えてくれた。

燈子が三十分レッスンを受けてから、小野瀬さんが次の三十分を練習することになっている。邪魔にならなかったら、少しだけでも小野瀬さんのレッスンも見せてもらいたい。

世の中には、自分を楽しませるドアがたくさんある。それを知りたくて、いろいろな職業も経験した。今回は、ドラムという新しいドアを開けることができたのだと思う。なりゆきだったり、偶然だったり、そんなことで始めると、肩に力が入らなくて済む気がした。自分に向かなければそっとドアを閉めればいい。

そうやって、今はひとり暮らしを楽しめるようになっている。人それぞれの楽しみかたがあることもわかってきた。

だが、十年前、亜沙美と仲たがいしたときは、余裕がなく、自分が正しいと思い込んで、亜沙美に対して、絶対に言ってはいけない言葉を口にして、拒絶してしまった。そのせいで、孫の陸人とも離れ離れになってしまったのだ。

――お前なんか産むんじゃなかった!

自分で言った言葉に今でも苦しめられている。言われたほうは、その何倍も苦しい思いをしただろう。

三十分のレッスンは、文字通り、あっという間に終わってしまった。

ドラム譜は独特で、×印や菱形まであって楽しかった。教えかたがうまいので、すんなり頭の中に入っていく。

もちろん最初から全種類の太鼓やシンバルを使うわけではなく、太鼓は、足で音を出す大太鼓のバスドラムと小太鼓のスネア、シンバルは、ハイハットという二枚重ねのものだけを使ってのレッスンだ。講師の指導に従って足と手を動かして、終わったときには、かなり汗をかいていた。

ドラムに初めて触った燈子でも、最初のレッスンで8ビートのリズムを刻むことができたのだから、もしかしたら、ドラムは、初心者でも達成感を得やすい楽器なのかもしれない。奥が深くて、やればやるほど難しくなっていくのだと思うが、緊張より、ワクワクする気持ちが大きかった。

スティックや楽譜の片付けをしていると小野瀬さんが入ってきたので、「ひかりさんの演奏、聴きました。ほんとに素敵でした」と言うと、娘に伝えますねと微笑んだ。

小野瀬さんが見ていていいというので、スタジオに残ってレッスンを見学させてもらった。

一年でここまでできるようになるものかと思うほど、なめらかにドラムを叩いている。

迫力のあるひかりさんの演奏とは違う優しい演奏で、ジャズのような雰囲気だった。

レッスンが終わってから、また小野瀬さんと一緒に分かれ道まで歩いた。

「孫が六歳の誕生日に、オモチャのドラムセットをプレゼントしたことを思い出しました。ドラムとは縁があったみたいで……」

亜沙美と陸人と一緒に暮らしていたとき、陸人の誕生日のプレゼントを選びにオモチャ屋にいったことがある。陸人は、車や新幹線などの乗り物のオモチャではなく、ドラムのオモチャを欲しがった。

今は高校二年生になっているはずだと思い、タッキーの顔を思い浮かべた。

「どうかしましたか？」

黙り込んでしまったので、小野瀬さんに心配をかけてしまった。

「ごめんなさい。長く会っていない孫のことを考えていて……」

小野瀬さんは何か言いたそうだったけれど、静かに頷いただけだった。

燈子が後悔して、今も苦しんでいる二つの過去。

同じ立場に小野瀬さんが立ったとしても、きっと燈子のような激しい振る舞いはしないだろうと思う。

夫の不倫相手に子供ができたことがわかったとき、燈子は中学生だった亜沙美の前で夫を罵った。父親が好きだった娘はどれほど傷ついただろう。

亜沙美の夫が不倫したときも冷静ではいられなかった。離婚しか選択肢がないと思わせたのも燈子だったかもしれない。

そして、亜沙美が妻子ある人と付き合っていることがわかったとき、夫の不倫相手と亜沙美を重ねてしまい、ひどい言葉を浴びせてしまったのだ。

亜沙美は、燈子が夫に罵声を浴びせた中学時代の恐怖もよみがえったに違いない。燈子から離れたのも無理はない。

それなのに、自分は何も悪いことはしていないと思っていた。

なにより大切に思っている娘と孫が自分のもとから去って、ひとり暮らしをして、初めて、さまざまなことに気が付いた。

冷静になれる時間があってよかったのかもしれない。ひとりも悪くない。

「小野瀬さんのドラムはジャズの雰囲気で、ひかりさんはロック、という感じですね。先生が、ドラムの音はその人の個性が出るとおっしゃっていましたけど、ほんとだなと思いました」

話題を変えるために、さっき感じたことを口にした。

「表には出ていない性格とかも出ますよね。一番情熱的なのは、先生の奥さんのドラムかも。フラメンコのような印象です。ほんと、熱いんですよ」

「あの奥さんがドラムを？」

スタジオに案内してくれた、上品でおとなしそうな女性がドラムを叩いている姿が想像できなかった。しかも情熱的なドラムだという。

「奥さんは情熱的で、先生は研ぎ澄まされてクールなドラムなんです。しびれますよね。八十歳なんて思えませんよ」

「ええっ！　先生、八十歳なんですか？　私と同じくらいの年齢だと思ってました」

意外なことが多すぎる。ワクワクすることばかりだ。

「ドラムをやっているとドラマチックなことが多いんですよね」

どうやら小野瀬さんは、ドラマチックという言葉がかなり好きらしい。

分かれ道で小野瀬さんに手を振って、アパートまで歩いた。

小野瀬さんが何度もドラマチックと言ったので、燈子も夢のような妄想を抱いてしまった。

陸人は今、高校生になっている。タッキーも高校生。

オモチャのドラムセットがきっかけで、陸人がドラムを始めたのだとしたら……。もしかして、亜沙美は不倫相手と再婚しなかったのかもしれない。だとしたら、離婚したときに旧姓に戻したので、名字は滝山だ。滝山だったら、タッキーと呼ばれてもおかしくない。

あのライブチケットは、陸人が燈子に渡すように頼んだものではないのか。ドラムを始めただけだというのに、楽しい妄想を止めることができなくなっていた。

次のブルーレビューのライブにはぜったいにいきたい。明日、仕事の帰りにチケットを買ってこよう。

今度は最前列の真ん中の席に座って、タッキーの演奏を聴くのだ。

燈子は、来月のカレンダーに丸印をつけた。

毎日、スティックでクッションを叩いて練習をしているうちに、練習用のドラムパッドが欲しくなって、スティックを買った楽器店にいった。

親切な店員さんは、燈子がドラム教室に通っていることを喜んでくれた。

これまでも興味のあることはたくさんあったし、それにちなんだ仕事をしてきたが、考えたら、趣味と呼べるものは何もなかった。

壁紙張りとスマホの操作、太巻き作りは、得意なものであって趣味ではない。

少しでも時間があればスティックを握ってドラムパッドを叩きたい、仕事の休憩時間は、膝を手で叩いて、教室でもらった譜面の練習をしたい。

そんなふうに夢中になっているのだから、これは趣味と言ってもいいかもしれない。

講師は、「リズムに乗れていますね」とほめてくれるし、ひかりさんの迫力のあるドラムを聴くことができて、小野瀬さんとおしゃべりして癒されるドラム教室は、最高に楽しかった。

ライン作業の仕事も、うまく休憩が取れることがわかり、いつかラインリーダーになりたいとまで思えるようになってきた。

埃《ほこり》が立ってしまうので、足先を動かすことはできないが、膝を屈伸させてリズムを取っている。

作業所に流れる音楽を聴くと、自然とドラムの音が耳に入ってくるようになった。

ロックやジャズだけでなく、演歌も、ドラムの演奏が似合う気がする。

待ちに待ったブルーレビューのライブには、開場と同時に入って、最前列の真ん中の席に腰を下ろした。

ブルーレビューにちなんで、よそいきの淡いブルーのブラウスを選んだので、いつもより少しは若く見えるだろう。タッキーが陸人だったら、燈子に気づくはずだ。

妄想がどんどん膨らむのを止めることができなかった。奮発して買ったドラムのオモチャが、陸人がドラムの世界に進むきっかけになったのだと思いたかった。

前回と同じく、ライブ会場にはスタレビの曲が流れていた。

人の曲を歌って著作権など大丈夫なのだろうかと思ってネットで調べたら、ライブハウス側が著作権料を支払っている場合が多いとの記述を見つけて安心した。

今日は、みんなが立ち上がるのと同時に燈子も立ち上がり、思い切り手を振った。

タッキーのドラムは、目の前で聴くと、一層、ビリビリとしびれた。

こんなにタッキーのドラムに惹かれるのは、やっぱり、陸人がタッキーだからではないだろうか。きっとそうに違いない。

六歳のときに別れてから一度も会っていないので、十七歳の陸人がどんなふうに成長しているのかわからないが、燈子は、老けはしたが、十年前と顔かたちがそれほど変わっていないと思う。陸人が燈子の写真を持っていたとしたら、燈子だとわかるだろう。

燈子はタッキーに向かって必死に手を振った。

気づいたタッキーが、こちらに向いて手を振り返してくれた。

涙がぶわっとあふれて、目の前がかすんだ。子供の頃の陸人の姿が次々に浮かんでくる。


ライブが終わっても興奮はおさまらなかった。

今日は、差し入れに太巻きをたくさん作って持ってきている。

ファンが作った手作りの物は食べないと聞いたことがあるが、ばあばの作った太巻きなら食べてくれるはずだ。太巻きは陸人が好きだった。小さいのに一本食べてしまうくらいだったのだ。その思い出もあって、太巻きが美味しい惣菜店をアルバイト先に選んだのだ。

ライブ会場のスタッフに差し入れしたいと話して、控室まで案内してもらった。

鏡の多い六畳ほどの部屋に、三人のメンバーがジャケットを脱いでくつろいでいた。タッキーもいる。

「ファンの方です。差し入れがあるそうですのでお連れしました」

スタッフの女性が燈子を紹介してくれた。

「最前列で熱烈応援してくれてましたよね」

タッキーがにこやかに近寄ってきた。

スターがファンに対しているような笑顔だった。

その表情に幼い陸人の面影がないか探っても、どこにも見つけることができなかった。

タッキーは、ファンだと思って手を振り返してくれただけなのだろう。

やはり、妄想は妄想でしかなかった……。

気持ちがしぼんでいくのを隠して、「先月初めて聴いたドラムがとてもカッコよかったので、私もドラムを習い始めたんですよ。あの、これ、私が作ったんですけど、よかったらどうぞ。手作りはだめかと思いましたけど、太巻きが美味しい惣菜店で働いていたので腕は確かです」と言って、仕事をしていた店の説明をした。

「ああ、あそこの太巻きは有名ですよね。こんなにあったら太巻きパーティーやれますよ！　ありがとうございます。タッキーはまだ高校一年だけど、ドラムの腕はプロ並みなんですよ」

リーダーのトミーが両手を出して太巻きの入った容器を受け取り、蓋を開けてテーブルの上に並べてくれた。イケメンのリョウもクールに微笑みながら手伝っている。

タッキーが陸人だというのは、これで確実に思い過ごしだと判明した。陸人は今、高校二年生なのだから。

タッキーは、太巻きにはあまり興味がなさそうで、にこやかに頭を下げただけで、鏡の前の椅子に腰を下ろした。

でも、これからもブルーレビューの応援、いや、推し活は続ける。生で聴いた『ソニック・ストーム』は、やっぱり最高だった。

「わぁ、美味しそう。これ、どうしたの？　僕、太巻きが好物なんだよ」

帰ろうとしたら、うしろで声がした。

振り向くと、ボーカルのリックが立っていた。

リックは、燈子の顔を見て、口をぽかんと開けた。

「ばあば……」

「え？」

「聴きに来てくれたんだね」

リックの目が潤んでいる。

「陸人？　陸人なのね……」

間違いない。くりっとした目が幼い頃の陸人のままだ。

陸人だからリック、そのままなのにまったく気がつかなかった。

「ばあば、元気そうでよかった。ずっと会いたかったんだよ。十年ぶりだよね」

陸人が、燈子の両手を包むようにして握った。

あんなに小さかった手が、燈子の手より大きくなっている。

「おかあさんは元気？」

声が震えている。涙をこらえるのがやっとだった。

「すごく元気だよ。土曜日はおとうさんと一緒にゴルフにいくから、ライブはなかなか聴きにきてくれないけどね」

亜沙美は休日に夫と一緒にゴルフにいくくらいだから、夫婦仲がよく、恵まれた生活を送っているのだと思う。それだけわかれば十分だ。

チケットをくれた男性のゴルフ焼けした手が浮かんだ。

今気づいた。あのメガネをかけた男性にチケットを渡すように頼んだのは、亜沙美だったのだ。

燈子は、東京に住んでいる兄と時々連絡を取りあっているので、兄に聞けば、燈子がどこで働いているかもすぐにわかったはずだ。燈子の新しい職場と陸人が演奏しているライブハウスが近くだと知って、亜沙美は燈子に陸人のステージを見せようと、夫にチケットを渡すように頼んだに違いない。

「結構、人気のバンドなんですよ」と自慢げに言って微笑んだのは、陸人の新しい父親だったのか。

「十年ぶりの再会って、マジすごい！　ブルーレビュー誕生のきっかけになったおばあちゃんじゃん」

イケメンのリョウが興奮した様子で陸人の肩を何度も叩いた。

さっきまでのクールな印象とはずいぶん違う。ブルーレビュー誕生のきっかけとは何だろう。

「ほんとに太巻きパーティーっすね！」

タッキーも椅子から立ち上がってテーブルに近づいてきた。

「ばあ……おばあちゃんの一番好きな曲は『木蘭の涙』なんだよね？　僕にスタレビを教えてくれたのはおかあさんなんだよ。おかあさんも好きなんだって。僕がスタレビの曲をカバーしたくて、リーダーに相談してバンドを始めたんだ」

リーダーのトミーはバイト先のコンビニの店長で、トミーがリョウを、陸人がタッキーを誘って、四人のバンドを結成したのだという。

CDをプレゼントしてくれた友人の優しさを感じながら聴いていた『木蘭の涙』。

そのとき、いつも側には亜沙美がいたのに、燈子は、自分だけが癒されていると思っていた。それが、ブルーレビュー誕生のきっかけだったとは。

「リックのおばあちゃん、ドラムを始めたそうだよ」

トミーが、すごいよね、と言ってくれた。

「やるじゃん。そういえば、僕の誕生日にドラムのオモチャを買ってくれたことがあったよね。おばあちゃんは昔からドラムが好きだったんだね」

勘違いしている陸人が幼い頃の陸人に見えた。その目が好物の太巻きに注がれている。

「いつか僕のサックスとセッションしようよ」

トイレで手を洗ってきたからいいよね、と言って、陸人が嬉しそうに太巻きを頬張った。

陸人のサックスと、ドラムでセッション――。

七十歳の燈子に、すごい夢ができてしまった。

・本書の作品はすべてフィクションです。
実在の人物、団体などには一切関係ありません。

初出「小説推理」
アンジェがくれたもの　二〇二四年八月号
友だち追加　二〇二四年八月号
リフォーム　二〇二四年七月号
この扉のむこう　二〇二四年九月号
リセット　二〇二四年六月号
セッション　二〇二四年七月号

双葉文庫

に-03-09

おひとりさま日和《びより》

ささやかな転機《てんき》

2024年9月14日　第1刷発行

【著者】
大崎梢《おおさきこずえ》　岸本葉子《きしもとようこ》　坂井希久子《さかいきくこ》
咲沢《さきさわ》くれは　新津《にいつ》きよみ　松村比呂美《まつむらひろみ》

【発行者】
箕浦克史
【発行所】
株式会社双葉社
〒162-8540 東京都新宿区東五軒町3番28号
［電話］03-5261-4818（営業部）　03-5261-4831（編集部）
www.futabasha.co.jp（双葉社の書籍・コミックが買えます）
【印刷所】
中央精版印刷株式会社
【製本所】
中央精版印刷株式会社

【フォーマット・デザイン】
日下潤一

ISBN978-4-575-52786-5 C0193
Printed in Japan

双葉文庫　好評既刊

おひとりさま日和

大崎梢
岸本葉子
坂井希久子
咲沢くれは
新津きよみ
松村比呂美

発売即重版、その後も次々に増刷してあっという間の10刷達成！　実力派女性作家陣が「ひとり住まいを楽しむ中で起きるほんの一幕のドラマ」をテーマに書き下ろした、6話からなる珠玉の短編集。主人公は48歳から84歳までの女性。——好きな居場所で好きなこと、好きな自分で。私を楽しませるのは、私——。時々取り出して読みたくなる本棚保存本ができました。